ごくフツーの57歳、ここで人生語ります

中村和美

文芸社

はじめに

五十七歳で自分の人生を振り返るというのも変ですが、まさにこれまでの自分を振り返り、思い出したことが、この本を出すきっかけでした。

三十年以上勤めてきた会社が、新型コロナの影響で初めて四十歳からの早期退職者を募ったのです。辞めてと言われているわけではないけど、辞めるなら今なんじゃない？ と言われているようで、本当に混乱を極めました。

この時初めて、残りの人生このままで良いのか？ と考え始めたのです。

思えばこの五十七年間、本当にいろいろなことがありました。ピンチだったこと、つらかったことも多かったなぁ。でも、同じくらい楽しいことや、面白い出来事もたくさんありました。

今回はその面白い部分を、文章にしたいと思ったわけです。

また、私は自分のことをあまり人に話さないタイプでしたが、実は話したいことがいっぱいあることに、今更ながら気が付きました。

せっかくの与えられた人生、どう生きてきたのか？ どんなことがあったのか？

これから年齢を重ねるごとに、どんどん記憶も薄れていくでしょうから、備忘録として本に残すことができたらいいなー。

そうだ、本を書いてみたい！

そんな安易な発想から、本の執筆に繋がっていきました。


本当にたわいのない話ばかりで、正直ためになる本でもなく、すごい体験をしたような驚く内容でもなくてお恥ずかしいのですが、同年代の方には特に、あるある感を持って読んでいただけるのではないかと思います。また、私は「韓ドラ（韓国ドラマ）」と「Ｋポ（Ｋ－ＰＯＰ）」オタクですので、そのあたりでも絡んでいただけると嬉しいです。

そして、現在、旅行会社に勤めていますので、今まで行ったところもいろいろご紹介させていただきました。今のコロナ禍の状況がとても残念ですが、そんな旅の視点からも、ぜひ読んでいただければ幸いです。

ひとつ心配なのは記憶力。私をご存じの方でご自身の記憶とちがっている場合、どうぞ愛ある異議申し立てをお待ちしております（笑）。

もくじ

はじめに　3

1　本を書くことで　9

2　五十七歳で初めての岐路に立つ　10

3　私とイタリア　15

4　海外旅行―娘編―　17

5　海外旅行―私編―　19

6　生まれて初めての海外旅行　23

7　娘との楽しい旅行―旅費私持ち―　26

8　自由気ままに一人旅　34

9　大好きなお酒のお話　その一　39

10　大好きなお酒のお話　その二　45

11　一人娘のこと　47

12 長い付き合いの友人 49
13 母への想い 50
14 母と一緒に行った思い出の旅行 58
15 私の中にもう一人の私⁉ 64
16 私という人間 65
17 私をささえてくれるもの 73
18 出待ち 77
19 何度でも言いたい！ 韓国大好き 81
20 行ってみた！ 慶州・釜山二泊三日 90
21 大好きな韓国ドラマ 95
22 韓国ドラマだけじゃない⁉ ハマった海外ドラマ 103
23 確か受けたよなぁ―ハングル検定― 105
24 一大事⁉ 子供の学校の役員決め 107
25 これまでの人生でやればよかったと後悔していること 109
26 娘の留学先に行っちゃう⁉ 111
27 同窓会を開催しました 116
28 「あずさ2号」 119

29 友人たちとの恒例旅行 121
30 年齢と共に老いていく体 122
31 コロナのせいでダイエット⁉ 125
32 コロナ禍で始めたウォーキング 128
33 この私が家庭菜園⁉ 132
34 根っからの辛い物好き 135
35 ハマった洋楽 136
36 昔私が好きだったもの 139
37 考えてみた！ これからのこと 142
38 仕事のこと 144
39 私にとってのコロナ禍 145
40 もろもろの後日談 148
おわりに 151

1　本を書くことで

ブログすら書いたことのない私が、突然思い立ったかのように執筆している。

私が本を出すことになるなんて……。

学生の頃、そういえば国語が好きだったかもしれない。でもそれだけで書けるわけではないけれど、文章を書くことは、仕事に就いてからも好きだったな……。

それでも、そうそう本は書かないもの。

なぜ私が本を書きたいと思ったのか？

それは心の内を誰かに話したくなったから。

私の人生でどんなことがあったのか、覚えておきたくなったから。

自分のことをあまり話してこなかったおかげで、ネタはたくさんあるから。


初めは、本を出すにはどのくらいの分量を書けばいいのか？　それすらわからずに、漠然と書いていました。調べたあとは、必要な原稿量のあまりの多さに愕然としました。

簡単に書けるものではないと……。

そこで、とにかく今まであった出来事を、エッセイ風に書き出してみました。すると、結構すらすら文章が書けることに、自分でもびっくり。

書くにつれて記憶もしっかりしてきて、思い出せることが多く、こんなにも心にためていたのかな？　と不思議な気持ちになりました。

私は普段から独り言が多く、家の中でも誰に向かってなのか、恐ろしいくらい喋り続けます。静かな状態を嫌うわけではなく、まさに見えない誰かに語りかけるように。それは時として亡くなった母であり、とても望んでいたが叶わなかった第二子に向けてのようでもあります。また、いちいち自分の行動を、説明しているかのようにも見えます。

そんな半分心の声のようなものを、文章にして表現することはとても面白いなと、書き始めてから思いました。

本が出来上がったら、いったいどんな気持ちになるのか？　今から楽しみです。

2　五十七歳で初めての岐路に立つ

私は現在五十八歳。本を書き始めた時は五十七歳でした。どちらかというと、のほほんと毎日を過ごしてきましたから、人生を振り返るなんてことは、今までに一度もありませんでした。

昨年末に発表された、会社の早期退職募集をきっかけに、急に自分のこれからを突き付けられて、一気にとても不安になりました。

考えてみると、私って他にやりたいことがないのです。だって今、やりたいことができる会社にいるのですから。

私が勤めている旅行会社は、新型コロナの影響による旅行需要の落ち込みから業績悪化が進み、大幅な店舗及び人員削減と、四月以降の給与カットが決まっています。今後も状況はすぐには回復しないでしょうし、退職金の上乗せを提示されて、周りの同年代の多くが退職を決めていました。

自分はいったいどうしたらいいのか？

どうしたいのか？

自分の気持ちがまったくわからず、普段ならベッドに入って五分で寝ることができる私が、常にそのことを考えていて、頭が一向に寝てくれない。三時、四時まで眠れない日がありました。「特に資格や特技があるわけでもなく、介護する高齢者や、手のかかる子供がいるわけでもないのだから、この機会にやりたいことを探したら？」と言われても、「今から資格とってみたらどうですか？」と言われても、実は私は人見知りの心配性。

この年になると図々しさが勝りますから、そうは見えないでしょうが、初めてのことを初めての環境でやるなんて……。しかも年金をもらうまであと七年もあります。そんな勇気、今更出ません、出せません。情けないですが……。

それでも給与明細を見て細かく金銭面の計算もしてみました。確かに一時的には退職金の上乗せが収入的には効きますし、退職して失業保険をもらっているうちは良いのですが、大変なのはその後だよと、いろんな本に書いてありました（笑）。

そこで、これまでの自分の人生を振り返ってみたのです。

なぜ他にやりたいことがないのか？

また、どんな気持ちで今のやりたいことを選択したのか？　そうすることで、お金ではなく気持ちが、私のこれからを決めてくれるのではないか、と。


私の夢は旅行会社で働くことでした。小学生の頃、母の友人で旅行好きな方がいらして、その方から海外旅行のパンフレットを頂いたことがありました。まさにそこから私の夢は始まりました。

今は、旅行会社に行けばたくさんのパンフレットが置いてあり、自由に持ち帰ることができますが、あの頃は頂く冊子が私にとっての「世界」でした。

また、中学生の時に初めて映画館で観た映画がイタリア映画で、子役が主演の悲しく切ないストーリーに涙し、大人になったら絶対イタリアに行きたい！　行くんだ！　と心に誓ったものでした。

高校三年の進路を決める時期、仲の良かった社会科の先生の研究室に、「旅行会社が専門学校を創設、第一期生募集」と書かれた入学募集要項が置いてありました。進路に迷っていた私にとって、なんというグッドタイミングなのでしょう？　その出会いに運命すら感じました。

その後、その学校で二年間学んだ私は、成績はあまり良くありませんでしたが（笑）、第一期生という恩恵もあったのか、念願の旅行会社に入社することができました。

入社後、結婚・出産を経て、十年でいったん退社をしましたが、やはり旅行会社で働きたくて、勤務していた時のご縁で再就職、現在までなんと延べ三十三年もお世話になっていることになります。

一見楽しい業界に見える旅行会社ですが、大変なこともたくさんあります。もちろんお客様に喜んでいただくことが多いのですが、ご希望に沿えないこともあり、いかに形のない商品の販売が難しいか、一人ひとりのお客様に満足をしていただくことがどれほど大変か、ベテランといわれる年になってもなかなか難しいものです。

そんな思いで働いてきた会社。こうなると、「早期退職か、勤務を続けるか、どちらを選んだとしても、結局は後悔することになるよ」と、身近な方からのお言葉。

そうなのです、辞めたら辞めたで残っていればよかったと思うでしょうし、残れば残ったで、あのタイミングで辞めればよかったと、きっと思うのでしょうね。

まあ、私から旅行を取ったら何も残らないのかもしれませんし……。好きなことができているありがたさを、今回のことで痛感しました。

結論としてどうしたかって？

結局、早期退職募集には手を上げませんでした。ただ周りの同年代が辞めていくことがとても残念でならず、また残る私も、もう一度気を引き締めていかなければ、どんどんデジタル化の波は押し寄せるでしょうし、一人取り残されてしまわないよう、しっかりと皆に付いていかなければなりません。

新型コロナが思わぬところに影響し、ここに来て自分の人生を振り返ることになるなんて思いもしませんでした。

また、私だけでなく、多くの人の命や人生にまで害を及ぼしている新型コロナには、恨めしい気持ちでいっぱいです。

厳しい中ではありますが、あと少し、あともう少しだけ、大好きな旅行会社で、こんな年齢ですが頑張ってみようと思います。

好きなことを仕事にしているのだという想いを忘れずに。

3　私とイタリア

前にも触れましたが、中学生の時初めて見た映画がきっかけで、イタリアにずっと憧れていました。

その映画はというと、「メリーゴーランド」と「愛のほほえみ」。どちらもイタリア人の男の子が主人公の、親子の切ないストーリーで、当時の私はイタリア人の二人の男の子に憧れて、漠然と、イタリアに行って主人公の男の子に会うんだと、勝手に思っていました。

それからはせっせとイタリアのことを調べたり、また、有名な映画「ローマの休日」も大好きで、「とにかくローマに行きたい！」というのが、この頃の私の夢でした。

そんな私が、初めてローマを訪れたのが、一九八三年、十九歳の三月に実施された専門学校の研修旅行でした。嬉しかったなあー。ちなみに、この頃でも、ローマに行ったら偶然にも子役俳優に会えると思っていましたからねー。恐ろしい（笑）。

観光の途中、有名なトレビの泉でコインを投げてきました。ご存じですか？　泉の言い伝え。

泉の前で、後ろ向きにコインを投げ入れます。

一枚投げると「再びローマを訪れることができる」。

二枚投げると「大切な人と永遠に一緒にいることができる」。

三枚投げると「別れたい人と別れることができる」。

もちろん一枚投げ入れてきた私、実はその後、なんと言い伝えは実現したのです。

二〇一三年十一月、会社の研修旅行でイタリアに行かせていただく機会が訪れました。

三十年の時を経て、再びローマを訪れることができたのです。長っ！

不思議ですね。自費や意志ではない形で、言い伝え通りになりました。

また、泉の周りだけは、時が止まっていたかのように、あの頃のままの姿でとても感動しました。

トレビの泉で、またコインを一枚投げてきたのですが、さすがにもう一度はないでしょう（笑）。

研修旅行ではローマのほかに、ミラノ、ベネチア、フィレンツェも訪れましたが、とにかくそこかしこに歴史を感じ、すべてが素敵で、いっそうイタリアが大好きになりました。

ヨーロッパの中では一番人気があるイタリアですから、訪れたことがある方も多いかと思います。

ミラノにある、思わず息をのむレオナルド・ダ・ヴィンチの「最後の晩餐」。

ベネチアの夕暮れ時の、アカデミア橋からの眺め。

上ることで傾斜が体感できるピサの斜塔。

フィレンツェの街全体がルネッサンスの世界。

そしてイタリアの中心、歴史の中心ローマ。

——有名な見どころだけでも、数えだしたらきりがありません。

本場で飲んだ、イタリア中部の州トスカーナの赤ワイン「キャンティ」は本当に美味しかった。旅行中何度も食べたパスタも、飽きることなくすべて美味しく頂きました。

そんなわけで、私はこれからも大好きなイタリアを全面的に推していきます（笑）。

4　海外旅行 —娘編—

この仕事をしていると、毎日旅行のパンフレットを見ているわけです。お客様にお勧めした宿に泊まってみたいとも思いますし、旅に出たい病に常にかかっている状態です。

また、お客様とお話ししているとまだまだ知らないところだらけなのに、それをさも行ったことがあるかのように調子を合わせて話すのは得意ですが、実際行ってみたい気持ちがさらに強くなります。

そんなこともあってか、とにかく五十七年間——いや、初めての海外旅行が十九歳の時の研修旅行でしたから、それからの約四十年間、本当にあっちこっちに出掛けていました。
とにかく仕事をしていると行きたいところだらけでしたから、子供が幼稚園、小学校と小さい時には、学校を休ませてまで予定を立てて、しょっちゅう海外旅行をしていました。
まあ、行きたいのは私なので、娘はそんな母に振り回され、オムツをしていて記憶もない頃から、ものすごい渡航歴があります。
以下、娘の高校卒業までの渡航歴
グアム 一回
サイパン 一回（+私のお腹にいる時に一回）
ハワイ 二回
オーストラリア 一回
韓国 一回
フィジー 一回
プーケット 一回
ペナン 一回
セブ 一回
シンガポール 二回
カンボジア&ベトナム 一回

アイルランド 一回
アメリカ　一回

そうそう、娘はフィジーのプールで泳げるようになりました。それまでは泳げなかったのです。

また、あとで娘に聞いたところ、行った記憶があるのは韓国、カンボジア、ベトナム、ハワイと高校で行ったアメリカだけでした（笑）。まあいいんですよ、私が行きたかったのですから。

娘の初めての渡航は、一歳九カ月の時のハワイ。パスポートは私の併記でした。私のパスポートに、娘の写真が入り二人で一冊です。ちなみに、一九九五年の旅券法改正で併記はなくなったようです。お若い方は知らないでしょうね。

娘は、それもあわせると、現在パスポートは五冊目です。ちょっとすごいでしょ。

5　海外旅行 ―私編―

娘の渡航歴を前の項でご紹介しましたが、もちろん私もなかなかすごいですよ。

生まれて初めての海外が十九歳の時で、それから約四十年間、プライベートと社員旅行、研修旅行合わせて、数えきれないくらい海外に出掛けているような気がしていましたが、数えてみたら渡航回数は四十三回。年平均一、二回といったところですから、思ったほど多くないかもしれませんね。全部で二十六カ国を訪れていました。

良かったところも含めて、いくつかご紹介させていただきますね。若干の自慢話お許しください（笑）。

①渡航回数が一番多い国　韓国（十五回）

約二十年前から韓国にハマっています。〝推し〟のファンミーティングや、娘とのオタクツアー、社員旅行、もちろん一人でも数多く訪れました。ソウルだけでなく釜山、慶州、済州島も良かったです。一時期ソウルに友人が住んでいたこともあり、非常に行きやすかった、大好きな国の一つです。

②二番目に回数が多い国　ハワイ（五回）

いつ行っても誰が行っても楽しいハワイ。社員旅行で一回（そんな良い時代もありました）、家族で二回、研修旅行で二回行きました。

ホテルは、ヒルトンが私のお気に入りです。とにかく、到着した瞬間のあの何ともいえない開放感が魅力ですね。

過ごしやすい気候も良いですし、年代や目的それぞれに合った過ごし方ができる、南国の楽園です。島はマウイ島もハワイ島も素敵でした。いずれもかなり昔の渡航です。

③家族にお勧め　フィジー、セブ島

娘が大のプール好きで（アトピー性皮膚炎だったため、海は塩水が痛くて入れない）、小さい時は、やたらとリゾートに出掛けていました。

今は直行便がなくてちょっと行きにくいですが、フィジーは静かでのんびりできますよ。

セブ島では、初めて年末のカウントダウンを体験しました。

シンガポールに行った時に、船でインドネシアのビンタン島に行きましたが、こちらも素敵なホテルが数多くあり、良かったです。

④一生に一度は見たいもの　カンボジア

世界遺産のアンコールワットは、一度見てみたいとの思いで、娘の高校入学の年の夏休みに、ベトナムのホーチミンと組み合わせて行ってきました。

実際、あのアンコールワットを目の前にすると、感激、感動以前に声が出ませんねー、圧倒されます。とにかくすごいの一言。

カンボジアは一年を通して暑い場所で、五月〜十月くらいが雨季になりますが、年中三〇度以上の気温です。行くならベトナムで乗り換えをして、ハノイかホーチミンと組み合わせるのが良いですよ。

帰ってきてから、美術部だった娘は、大きなキャンバスに、旅行で見てきた〝タ・プローム（樹齢三百年にもなる、ガジュマルの樹木）〟を油絵で描いていました。

⑤行かせてくれた会社に感謝の研修旅行

・イタリア　前の項でも書きましたが、私にとって特別なイタリア。じっくりと四都市を回り、特にベネチアの素晴らしさに心打たれました。歴史を感じる麗しのイタリア、ぜひ多くの方に訪れてほしいです。

・中欧　二〇一八年に行ってきました。ハンガリー、オーストリア、チェコ、スロバキア。中世の面影が色濃く残り、音楽・芸術・歴史ある文化を楽しむことができます。ヨーロッパ二度目以降の方に、特にお勧めします。

今は新型コロナの影響で、行きたくても行くことができない、我慢の日々が続いています。ぜひ一日も早く、自由に旅行ができていた時代に戻ってほしいものです。

6　生まれて初めての海外旅行

昨年からの新型コロナの影響で、行きたくても行くことができない海外旅行。

今までは、普通に海外に出掛けていたわけですから、行きたくて行きたくてうずうずしている方も多いと思います。

そんな、今では珍しくも何ともない海外旅行ですが、日本人の海外旅行自由化って、いったいいつだったと思いますか?

調べてみましたよ！

日本人の海外渡航自由化は、なんと一九六四年四月一日。

この日から、観光目的のパスポートが発行され、一人年一回、海外持ち出し五百ドルまでという制限付きで、海外への旅行が可能になったのです。

初めは年一回だったのですね……知らなかった。

またその当時、旅行代金っていくらだったと思います?　こちらも調べてみましたら、ハワイ九日間の団体ツアーは、一人三十六万四千円。

当時の大卒の初任給が一万九千円の時代でしたから、約十九倍の旅行費用だったわけですね。

現在の物価で換算すると、四百万円ですって！　誰もが行かれる時代ではなかったのですねー。驚きです。

それでも、自由化スタートの一九六四年の出国者数は十二万七千七百四十九人だったそうです。

私の初海外はそこまで昔ではないのですが（笑）、一九八三年、専門学校の研修旅行でした。当時、一ドルは確か二百五十円くらいだったと記憶しています。

そこで、私の初めての海外旅行を、いろいろ思い出してみました。アテネ、ローマ、マドリード、パリの四都市周遊八日間の旅行で、メインの航空会社は日本航空、ヨーロッパ内では、オリンピック航空・イベリア航空も利用しました。初めて食べた機内食が、とても美味しかった印象があります。もちろんエコノミークラスでしたが、機内食のカトラリー（スプーンやフォーク）はステンレス製で、とてもしっかりしたものでした。航空会社のロゴも入っており、その時、なんと毎食分を頂いてきてしまいまして、現在でも家で使っています。まだまだ旅行人口も少ない時代だったので、きっと大目に見ていただけたのですね、この場をお借りしてお詫び申し上げます。エコノミークラスのカトラリー類は、今では、航空会社のほとんどで簡単なプラスチック製に替わっています。

また、あの頃のヨーロッパ線はすべて、アメリカ・アラスカ州のアンカレッジを経由していました。そこで燃料も補給していましたから、乗客はいったん飛行機を降り、ターミナル内の免税店で買い物をしたり、和食のレストランで食事をとって過ごしていました。待ち時間は約二時間ほどだったでしょうか。

一九九〇年代の初めには、飛行機の性能の向上で飛行時間が短縮されて南回り（東南アジア、中東を経由する便）も増加、ソ連が崩壊してシベリア上空の航路が開放されたことでアンカレッジ経由のヨーロッパ線は姿を消したようですが、案外このアンカレッジでの二時間は旅行者に人気があったようです。

私の初めてのヨーロッパ旅行は、研修旅行ということもありましたが、恐らく今ではあり得ない日程かもしれません。都市間の移動がすべて飛行機で、四カ国八日間だなんて。今は、じっくりと一つの国を回るコースが主流なのです。各都市に見どころがたくさんありますから。

でも、どうしてもヨーロッパは遠いですから、一度にたくさんの国を見たい気がしますよねー。私もです。でも、二度目はきっと、もっと気持ちも楽ですし、予算も安くても大丈夫ですから、欲張らないで、じっくりと訪れてほしいですね。

7　娘との楽しい旅行 ―旅費私持ち―

たくさんの渡航経験があるのに、そのほとんどが記憶のない幼い頃だった娘。時間がある大学生の時に、もっと一緒に出掛ければよかったのですが、東京に出ていましたし、娘も娘でいろいろ忙しくて、社会人になってからの今のほうが、一緒に出掛けている感じです。

それでも娘もなかなか長期の休みが取れないし、私とも休みが合わないので、主に一泊か二泊で近場を楽しんでいる感じですね。もっとも、K‐POPにハマってからは、海外は韓国しか行っていませんが。

新型コロナの感染予防対策をしたうえで、停滞している日本経済の再始動を図る目的で立ち上げられた、国の支援事業「Go To トラベルキャンペーン」があります。

家に閉じこもっていることが限界に達した二〇二〇年六月末、娘と近場の温泉に行ってきました。まだ、Go To トラベルキャンペーンの開始前のことですが、とにかく自分以外の誰かに作ってもらった料理を食べたい一心で、家からほど近い上林温泉を選択。これが思いのほか娘に好評で、その後シリーズ化。合計六回ほど、二人で温泉旅行を楽しんできました。

その時の観光地・お宿をご紹介します。

①長野県　上林温泉「上林ホテル仙壽閣」六月末

お猿の温泉で有名な地獄谷に一番近い温泉。

静かでのんびりできて、天皇陛下もお泊まりになった由緒あるお宿です。

夜になんと、宿の裏でホタルを見ることができました。もちろん娘は初めての経験、私が子供の頃は、近くの川にたくさんいたのですけどねー。とはいえ、私も見たのはその時以来でした。

無数の小さな光が幻想的にゆらゆらと……娘も私も夢中でスマホで撮影しましたが、あとで見たら、言われなければ気付かないほど、小さな光でした。

狙ったわけではありませんが、六月という時期が良かったのか、ホタルに出会えてとてもラッキーでした。

観光の面では、長野市からも近いので、善光寺や松代宝物館、車でしたら戸隠や小布施に足を延ばしてみてはいかがですか？

②長野県　開田高原「つたや季の宿 風里」七月末

とにかく私一押しの宿。

目の前に御嶽山が見える山の中の一軒家。入った瞬間にＢＧＭで流れてきた「エンヤ」が心地よくて、おもてなしのウエルカムスイーツがとても美味しく、おしゃれなのです。ここは地産地消で、宿の前後に専用の畑があり、採れたての野菜がお食事に出てきます。盛り付けや器もおしゃれで、それでいてメインの信州牛がガツンと来ます。ご飯はいくつかの種類の釜飯が選べ、旬のとうもろこしを選べばよかったのに、娘に決めさせたら、どこにでもありそうなキノコ釜飯を選びました（笑）。ぜひ旬の時季でしたら、とうもろこしご飯をチョイスしてください。もちろんキノコご飯も美味しく頂きましたよ。

森林を望む大浴場や露天風呂もそれはそれは素敵で、本当に癒されます。

私が出掛けた七月は、ちょうどブルーベリーが旬の時期でした。ここには専用のブルーベリー畑があり、宿泊者は食べ放題です。大きくて甘酸っぱくておいしいですよ。

良いところはまだまだあります。

宿ではレンタサイクルが無料です、ぜひそれに乗って出掛けてみましょう！　近くには牧場があり、木曽馬と戯れることや乗馬体験もできます。また、自転車ですぐのところに、美味しいアイスクリームのお店がありますので、そこで休憩もいいですね。

とにかく何もかもが素敵な宿。私はこの時が今回二回目でしたが、またぜひ行きたいと思っています。

観光するなら、近くに宿場町妻籠・馬籠や奈良井宿があります。赤沢森林鉄道にも乗ってみてはいかが？　また寝覚ノ床や、阿寺渓谷といった自然美も近くにあります。

とにかく一度訪れたら、私のようにハマること間違いないですよ。

あまりにお気に入りすぎて、今年も「風里」に行ってきました。あいにくの雨でしたが、食べ放題のブルーベリーを二日間にわたり堪能してきました。入った瞬間オルゴールが聞こえ、え⁉　「エンヤ」じゃないの⁉　と思いましたが、大浴場や夕食時はお約束（⁉）の「エンヤ」でひと安心？

残念なことに、昨年のような「選べる釜飯」はなく、お品書きは変わっていました。

まあ毎年内容は変わりますよね～。

とにかく私一押しの宿、今年もお世話になりました。

③長野県　浅間温泉「別亭一花」八月末

この時は残念ながら娘が連休が取れず、近場の宿泊になりました。玄関からの畳敷きが気持ちよかったですし、貸切風呂も使えて、ゆっくり過ごすことができました。

私たちは佐久から入り、まずは「苔の森」を見て回りました。まるで、ジブリの世界に迷い込んだような一面緑の絨毯。こんもりとした苔が、ブナの林に所狭しと生えていて、

御斜鹿池

不思議な空間が広がっています。そこを抜けると、ひっそりと佇む「白駒の池」。静かで神秘的な池は、紅葉の時期もまた格別です。苔のほうはといいますと、七月のほうがこんもり度が増しているようです。

　そしてそこから車で二十五分、東山魁夷画伯の絵画「緑響く」で有名な「御射鹿池《みしゃかいけ》」があります。本当に絵画そのままのこの池は、いつ訪れても、四季折々の素晴らしい姿を見せてくれます。

　その後、蓼科から諏訪方面に降り、浅間温泉へ移動しました。

④長野県　駒ヶ岳高原「山野草の宿　二人静」九月末

　駒ヶ根千畳敷ロープウェイまでのシャトルバスの発着地に程近く、落ち着いた雰囲気の高級旅館です。露天風呂は眺めも良く、お料理も器にまでこだわった創作懐石。

常に混み合う千畳敷カールに行くにはとてもアクセスの良い宿。私たちは九月末の宿泊でしたが、もう少しあとの、十月初めが紅葉シーズンですね。

お昼ご飯には、この地域の名物「ソースかつ丼」もお忘れなく。明治亭で頂きましたが、美味しかったです。

⑤群馬県 川場温泉「かやぶきの源泉湯宿 悠湯里庵」十一月末

県内ではありませんが、感染に気を付けながら、お隣の群馬県に行ってきました。

私は二度目の宿泊でしたが、お宿の名の通り田園にポツンと、いやどっしり構えるかやぶきの集落。山に沿ってお部屋が点在しているので、館内の移動は電動カート（もちろん歩いての移動もＯＫ）。山頂には専用の展望台もあり、ケーブルカーで上がることができる、ちょっと面白い宿です。オーナーさんが古民具好きとのことで、お部屋・館内そこかしこに古い家具・民芸品・小物が置いてあり、館内にはギャラリーもあります。内風呂も露天風呂も、広々していて寛げますし、お食事も地産地消の創作懐石。

でも、ここの特筆すべきものは、なんといってもお米。新米の時期だったこともあり、あまりのお米の美味しさに、家で食べようと新米を購入したほど。川場のお米は絶品です。

昔懐かしい宿の、こちらもお勧めです。近くには吹き割の滝があり、滝好きの娘が喜んでいました。

⑥長野県　大町温泉「星野リゾート 界 アルプス」一月末

ちょうど「大町割」という宿泊の割引キャンペーンがその時期にありましたので、温泉旅のシリーズ最終回は星野リゾートで飾ろうと、大町温泉にある「界 アルプス」に行ってきました。

有名な星野リゾートの宿は、実は以前、軽井沢の「星のや」に行ったことがありました。ものすごく素敵でしたし、とにかくそこは別世界すぎて……良かったですが、正直、若干敷居が高いイメージがありました。界アルプスは実際どうなのか、楽しみに出掛けました。

まず到着後、感染予防対策から車の中での検温、お部屋でのチェックイン、二交代制の個室でのお食事。とても徹底した感染予防対策に感心しました。

お部屋も可愛らしい上にのんびりでき、自分の家にいるような感覚でとても寛げました。

館内では、独自のアクティビティメニューがあり、さっそく午後三時からのおやきの振る舞いに出掛け、夕食後には囲炉裏での地酒振る舞いにも行ってきました。お酒が入り、語り部のおじさんと今後の大町の観光産業について、つい熱く語ってしまったほどです。

一つ思ったことは、宿のコンセプトが「信州の贅沢な田舎を体感する温泉宿」とあるので、都会のお客様向けなのでしょうかと個人的には思いましたが、工夫を凝らし、器にもこだわった田舎料理といった印象でした。

聞くところによると、全国に数多く点在する星野リゾートは、一軒一軒その土地に合った工夫を独自にされていて、食事からアクティビティ、館内雰囲気がそれぞれ違うとのこと。一定の高水準は保たれているわけですから、各地の星野リゾートに泊まってみて、比べてみるのも、旅の楽しみの一つになりそうですね。

観光は、正直、冬の時期は特に見るべきものはありません。あ、でもお隣の白馬でスキーをして、こちらに一泊もいいかもしれませんね。

その他の時期でしたら、立山黒部アルペンルートの玄関口が信濃大町になります。


Ｇｏ Ｔｏ トラベルキャンペーンには賛否両論ありますが、今回、県内の素敵な場所と良い宿に娘と行くことができて、楽しいシリーズ全六回になりました。実はこれらの旅は、例の特別定額給付金の十万円を元手に行ってきたのです。もちろんマスク着用ですし、宿では必ず検温もあり、必要最低限のところ以外は、館内もすべてマスク着用でした。部屋にいる時、ご飯を食べる時、お風呂に入る時以外はすべてということですね。

遠くに行くばかりが旅行ではなく、本当に近くにもこんなに素晴らしいところがたくさんあることが娘には驚きだったようです。

まだまだ自粛や制限が続きその時の感染者の状況にもよりますが、自分自身で見極め、それぞれができる範囲の感染予防をしっかりとして、楽しめることは続けていきたいですねー。これからも、お金が続けばの話ですが……。

8　自由気ままに一人旅

皆さんは一人旅をしたことありますか？

以前は、「友人がいないの？」と思われたり、また、寂しい印象が強かった一人旅ですが、今はお一人様が増えている時代です。

旅行も、一人でどこへでも行く女性が増えていて、相手に合わせる煩わしさや気まずさを嫌って、好きな時に好きなところへ行く一人旅が人気です。

私も結構一人でどこへでも行くタイプで、娘と一緒が一番楽ですが、そうでない場合は一人で行動することも多いです。

今まで一人で訪れたところをご紹介します。

京都編

修学旅行以来の京都を、以前一人で訪れました。目的は紅葉。京都の一人旅、ちょっと憧れますよね。毎年十一月中旬から下旬が、京都の紅葉の見頃。現在私が住んでいるところは山の中腹になりますから、秋になるとそこらじゅうが赤や黄色に染まります。何も京都に行く必要ないいんじゃないの？　と今は思いますが、そのころ住んでいたのは町の中。いえいえ、長野の山の紅葉と、京都の紅葉は全然違うんですよ。そんなわけで、二泊三日の計画で市内と嵐山を回りました。特に気に入ったのが、嵐山の祇王寺・常寂光寺。

お一人様の一番のネックは食事かもしれません。確かに名物を頂くのも一人だと限りがありますが、好きなところを好きなだけ回れるというのはすごく楽。

基本私は歩くのが早いし、綿密な計画を立てていくタイプ。フラッと気が向いたらとか、行ってから決めようというのが苦手です。

なので京都は一人に限ります。ですが、あまりに気に入って翌年、母と娘と一緒に行きました。他にも、姉と二人の時もありましたけど。

北海道編

これは、コンサートに参戦するのが目的での一人旅でした。

札幌の真駒内アイスアリーナでの、２デイズ公演に一人で参戦しました。日程は三泊四日です。

まず前日入りして、その日は北海道の海の幸を満喫。ホテルの近くの小料理屋さんに早めに行き、北海道限定のビール「サッポロクラシック」に、ホタテ、アスパラガス、ほっけを頂きました。ちょうど六月のよさこい祭り期間中でしたから、とても混んでいる時期。一人は寂しいですが、偶然いいお店に入り名物を楽しみました。

翌日は午後からの公演でしたので、早めに起きて小樽観光に出発。北海道は何度か訪れていましたが、小樽は久しぶりでした。お寿司屋さんに入りたかったのですが、混んでいる上に一人なのでちょっと気が引けて、結局お弁当を買ってホテルで頂きました。そして公演へ。

翌日は札幌市内の観光と、せっかくなのでよさこい祭りを見ようと大通公園へ。ものすごい迫力の踊り子たちを、初めて間近で見てびっくり。屋台村のようなところでサッポロクラシックと札幌ラーメンを頂き、夕方からまた公演へ。

最終日は早めに空港に着き、やっぱりサッポロクラシックを頂いて札幌一人旅終了。

「ビールで始まり　ビールで終わる　一人旅」字余り。

広島編

この時もコンサートでした。なんと初めての広島。公演は二日間で旅行日程は二泊三日。一人でしたが、何としても広島焼を頂き、宮島は観光しないとと意気込んで出掛けました。コンサート遠征で困るのは、終了後のホテルまでの移動です。大きな会場では、規制退場といって座席のブロックごとに退場になってしまい、座席の位置によっては会場からすぐに出ることができません。おまけに電車での移動となると、混んで混んで、電車に乗るまでにかなり時間がかかってしまいます。そのため、最初は会場の広島グリーンアリーナの近くのホテルを探しましたが、混んでいるのと、シングルルームが高いのでやむなく、それでも歩いて十五分くらいのホテルを予約。会場まで行きはバスで、帰りは歩いてホテルに戻りました。広島駅からも近いのでアクセスはとても良かったです。

翌朝は原爆ドームまで移動し、そこから宮島までは船。これが快適でした。天気が良かったおかげでもありますが、爽快な移動です。乗っているのは私と同じファンの方々。初めての宮島でカキを食べ、鹿を見て楽しんできました。帰りは宮島口へ出て電車で広島駅まで。

そして昼は待望の広島焼で力をつけて、夜は公演にと、とても楽しい一人旅でした。

ソウル編

大好きな韓国へは、全部で十五回行っています。内訳は、社員旅行で済州島《チェジュ》へ二回、釜山《プサン》へ一回、ソウルへ三回、あとは俳優のウォンビンのファンミーティングで二回、娘と三回、あと四回は一人旅でした。そのうちの一回はお酒の項で触れますが、ウォンビンのお姉さんのおでん屋での失態です（笑）。

韓国は一人旅でも全然平気です。地下鉄はわかりやすく、地方民からすると、東京の迷路のような地下鉄に比べると、ソウルはすごくわかりやすいです。ただ場合によっては、駅構内の移動がものすごい距離！　まあ東京も同じですけどね。

一番初めにソウルの地下鉄を利用した時、たぶん二〇〇二年だったと思いますが、基本運賃六百ウォンだったことを覚えています。日本円で約六十円、同じ時代の東京メトロ運賃を調べてみましたら、初乗り運賃は百六十円でした。六十円……なんて安いんだろう。今でこそ便利なＴマネーカード（交通ＩＣカード）も二〇〇四年の導入ですので、初めは小銭で切符を購入していました。

また、一人旅でネックに感じる食事については、確かに食堂は二人前からの注文ですし、韓国といえばの焼き肉はおろか、ほとんどすべてのメニューがすごい量で出てきます。残しても〝ケンチャナ（大丈夫）〟文化の韓国ですが、限られた滞在の旅行、できればたくさんの種類を食べたいという者にとっては、いつの時代も食事が、一人旅の一番大きな問題かもしれません。

一般の食堂や観光客向けの店、あとは市場で食べる手もありますけど。

ソウル中心部の広蔵《クァンジャン》市場《シジャン》は、安くて美味しい屋台がいっぱいありますので、一人でも気兼ねなく食べることができます。

また私は無類の辛い物好きですから、本当に韓国は私にピッタリの場所といえます。

韓国旅行については、また別の項で触れますのでお楽しみに。

9　大好きなお酒のお話　その一

私は無類のお酒好き！　私の半分はお酒でできているといっても過言ではないほど。今は若い時ほど量は飲めませんが、それでもおそらく強い部類に入るでしょう。

若い時はとにかくビール、とりあえずビールで、飲みすぎるとしゃっくりが出始め、それが私の飲みすぎのサインなのですが、あえてしゃっくりを止めにかかり、そしてまた飲み始めていました。

また、チャンポンしないようにと同じ種類を飲み続けていましたが、この頃はビールからスタートし、焼酎からのワインとか恐ろしいチャンポンもたびたび。いくら強いとはいえ、もちろん酔います、酔いつぶれます。失敗談は数えきれないほどあります（笑）。

酔うとどうなるか？　私は基本記憶をなくすか、転ぶかのどちらかです。突然無口になり静かになった時が、どうも私の酔っぱらったサインのようです。

そこで、面白い失敗談をいくつかご紹介します（笑）。

①乗り過ごし

家から会社まで、電車とマイカーで四十分かかる場所に住んでいた時のこと。田舎ですからあまり電車の本数がなく、乗り過ごすと戻る電車がすぐにはありません。

その日もいつものように飲み会に参加し、最終列車に乗り込みました。ところが、気が付くと「次は明科《あかしな》です」のアナウンスが。

「え⁉　あ・か・し・な？　マジか？　行き先から間違えてる！」

長野駅から上田方面の電車に乗って八駅目で降りるはずが、長野駅から松本方面十一駅目で降りることに……。

そもそも、最初から電車の行き先が違うー　それでもよく途中で目が覚めたよなあと思いますが。

慌てて電車を降りてタクシーを呼び、乗ったはいいが、帰れるだけのお金を持っていない⁉　今の状況と所持金を運転手さんに説明しました。財布にあったのは確か六千円くらいだったでしょうか。本当なら八千円以上はかかったかもしれないところを、そのお金で乗せてもらい、なんとか家まで辿り着きました。

ひゃあー！　今思い返しても信じられないー

行き先が違う列車に乗ったのは、後にも先にもこの一回だけでした。当たり前よね。

ひえー、もうすぐで松本だったなんて！

また、単に乗り過ごしたことは数えきれないほどあります。一駅二駅は当たり前、一度は家の近くの駅を通り越して、さらに八駅乗り過ごしたことがありました。すべては酔って車内で寝てしまうことが原因なんですが、ここでもよく途中で目が覚めたよなー私……。もちろん、起きてびっくり！　この時も最終列車でしたからもちろん折り返しの電車はありません。慌ててタクシーを呼び、自宅まで乗車料金をやっぱり値切って帰ってきました……。まったくこんなことなら、飲み会のお店からタクシーで帰れよって話ですよね、そのほうがよっぽど安上がりで安心なのに。

②駅から歩く

会社から、電車とマイカーで二十五分の距離の場所に住んでいた時のこと。以前に比べると近いし、バスで帰ることもできるのですが、終バスが早いので飲み会の時はやはり電車を利用していました。最寄り駅からは普段は車で五分なのですが、飲んだ日はもちろん歩きです。しかし、歩いて十五分の距離を、どうも三十分以上かかっているようなのです。まあそれはそれでいいのですが、道の端からから端まで、波打つように歩いているようで、途中で転ぶこともしばしば。翌日、青あざの痛みで起きたりもしましたし、転んだことを覚えていないので、知らないうちに足やひじ、お尻にあざや切り傷なんてざらです。

また、転んだ拍子に腕時計をなくしたり、車のキーを溝に落とすなんてこともしていて……もうどうしようもないですね。

でも、お酒をやめようと思ったことは一度もありません（笑）。

③ソウル武勇伝　その一

飲みすぎの失敗は日本だけではありません、実はソウルでも数々やらかしています……。会社の社員旅行で十二月にソウルに出掛けた時のこと。男女合わせて十人以上はいたでしょうか？　初日の夕食で焼き肉を食べ、韓国焼酎「チャミスル」を、じゃんけんで負けた人が一気飲みしていたような……？

大好きなソウルということでやたらテンションが高かった私は、若い人たちに混ざって参戦。しかし負け続けたのか、やたら焼酎をいい気になって飲み続け、そのあとの二次会は、その頃韓国通と言われていた私が、「さあー、行くよー！　付いてきてー！」と皆を地下鉄で東大門《トンデムン》まで連れていき、そのあたりの屋台でまた焼酎。この辺から私はまったく何も覚えていません……（笑）。完全に意識を失った私を、若い営業マンがどうもおぶってホテルまで連れて帰ってくれたようです。

ただ、おぶわれている時にどこかにぶつけたようで、目の上には大きな青あざができ、着ていったオーバーコートを汚し、散々な一日目だったようでした。

しかし私には二日目に予定がありました。

皆はオプショナルツアーで板門店《はんもんてん》に出掛けましたが、私は日本から買っていったお土産（名古屋名物の海老せんべい ゆかり）を持って、行かなければならないところがあったのです。

それはオム・テウンの事務所！ 後でもたびたび登場しますが、その当時、韓国人俳優オム・テウンのファンであった私は、事務所へ行って差し入れをしたかったのです。二日酔いの体にムチ打って、まずは汚れたオーバーコートを超特急でホテルのクリーニングに出し、ホテルの近くで代わりのジャケットを購入して、オム・テウンの事務所に向かったのでした。もちろん本人はいませんよ。しかしなんと事務所の中に通してもらい、お茶とチジミをごちそうになって、帰りは車で近くの地下鉄の駅まで送ってもらうという厚かましさでした（笑）。

つたない韓国語でここまでやるとは……恐るべし。

④ソウル武勇伝　その二

まだまだあります、ソウルでの失敗。この時は一人での渡韓でした。その当時ファンだった、韓国人俳優のウォンビンのお姉さんがまだノニョン洞《ドン》でおでん屋を経営していた頃、その前にファンクラブの友人と一緒に行ったことのあった私は、お土産を持ってホテルがある新沙洞《シンサドン》から、歩いておでん屋さんに向かいました。

お姉さんは、私のことを覚えていてくれたような表情で迎え入れてくれ、入り口に近いテーブルに案内してくれました。とりあえずビールをもらい、でもいつしか焼酎に変わってしまったのね。べろんべろんで、ホテルに向かって歩いているところの記憶だけはあるのですが、お金を払ってきた記憶がない！

とにかく、酔っぱらいながら歩いてホテルまで……。まあそのために、歩いておでん屋さんに行けるホテルを予約したわけなんですけどね。

そして翌朝は、気持ちが悪くて起きました。

翌日はオプションの「冬ソナツアー」を入れていた私。しかも朝の集合場所までなんと地下鉄移動……最悪な状態で参加したのは、言うまでもありません（笑）。

その次にソウルに行った時、支払いが気になっていた私は、またお姉さんのお店に行ってきました。お姉さんは「あの時、ちゃんと支払っていましたよ」と。さすがに酔っぱらっていても、お会計は忘れなかったみたいです、良かった！

結論。韓国焼酎は危険ですよ！　皆さん。

……いや、それは私か。

それからの私とお姉さんとの合言葉は、

「メクチュケンチャナ、ソジュアンデ」（ビールは大丈夫、焼酎はダメ）

10　大好きなお酒のお話　その二

ビール一辺倒だった私も、年を取るにつれて、いつしか日本酒の魅力にとりつかれていきました。今まさにここです。

どこで最初に飲んだのかは、まったく覚えていませんが、長野県飯山市田中屋酒造さんのお酒「水尾」から私の日本酒好きが始まりました。酒造を訪ね試飲をさせてもらい、しばらく気に入って「水尾」ばかり飲んでいました。

美味しいです、「水尾」。余裕があれば、赤ラベルの「純米吟醸」を飲みたいところですが、普段飲むにはコスパ的に青ラベルの「辛口吟醸」になるかなー。

また、田中屋酒造さんでは、毎年四月に蔵開きのイベントをしていて、仕事仲間と毎年参加していました。

イベント用に（?）いろいろな種類の可愛い小瓶の「水尾」が売られ、屋台も出ていて、試飲クイズや蔵見学を楽しみました。でも必ず最初に酔っぱらってしまい、蔵見学や試飲クイズではすでにべろんべろん状態で記憶がありません。帰りの電車の記憶ももちろんないあたり、通常運転な私です。

しかし現在は新型コロナの影響で、そのイベントも中止となっています。

もう一つ、長野県佐久市伴野酒造さんのお酒「澤の花」も私が好きなお酒の一つです。会社で行った料理屋さんで、勧めていただいて飲んだのが初めての出会いでした。

私は基本辛口が好きで、すっきりとした飲み口が気に入っています。特に「澤の花」の超辛口純米吟醸「ささら」が美味しいです。

長野県は日本有数の酒どころの一つで、毎年十月に、「酒メッセ」というイベントを行っていました。東京や大阪などでも長野の酒造さんのイベントが開かれているので、ご存じの方も多いはず。

ここ何年か毎年参加している私は、必ず下調べをして出掛けます。長野県の酒造さんが一堂に会するわけですし、酒造さんもそれぞれ自慢のお酒をいくつか持ち寄りますから、かなりの種類になります。

全種類試飲ができますので、小さなおちょこ（前回はグラス）とはいえ、和み水は設置されているとはいえ、飲み捨てるバケツもあるとはいえ、もちろん酔っぱらいます。

会場では、この機会に普段飲めないような高級なお酒を飲む、飲みたいお酒だけとことん飲む、酒造さんにいろいろ聞きながら楽しく飲む、いろんな方がいます。

私もいっとき、高いお酒ばかりを狙って飲んでいましたが、今では下調べをして、自分に合った、コスパが良い、普段飲みができるお酒を探すことに専念しています。「水尾」「澤の花」以外に好みを探そうというわけです。

ですから会場で当日配布されるパンフレットの中から、気に入ったお酒の、原料の酒米からアルコール度数、お値段等をピックアップし、メモとペンを持参して出掛けます。ですがついつい、普段手の出ない高級なお酒の誘惑に負け、好みを探せないうちに、しっかりと酔っぱらって帰宅するのがオチです（笑）。

この頃の日本酒は各酒造さんが本当に努力と創意工夫をされていて、外国に進出をしたり酒造巡りやイベントの開催、ワインのような感覚でデザート的な雰囲気を取り入れたり、またお洒落な瓶も登場したりと、本当に頑張っているなーと感心しています。

美味しいものをできるだけ多くの人に届けたい、という基本的な精神そのものを、とても大事にしている気がします。

今後も日本酒の発展に期待し、美味しいお酒との出会いを楽しみにしたいです。

11　一人娘のこと

私には三十一歳の娘がいます。私が二十六歳で産んだ一人娘です。当時、通勤に三十分ほどかかる支店でフルタイム勤務をしていた私。明日からようやく産休で休みだーと思ったのもつかの間、次の日の定期健診で、なんと切迫早産の疑いで即入院になってしまいました。まだ生まれ月に満たないのに、早産の危険性があるということなのです。

休みに入って落ち着いたら仕事を引き継ごう、生まれるまでやっとゆっくりできる―と思っていたのに、ギリギリまでのフルの仕事がたたったのか、入院していた一週間のうち、初めは動いてはいけないからと、トイレにも行けない状態で本当につらかった……。また、つわりがとても重く、胎児の体重も思うように増えず、幸せなマタニティライフとは程遠いものでした。それでも、病院に着いてからは二時間あまりの超スピード出産で、長くかからず楽だったのは幸いでした。

当時、産前産後休暇は取りましたが、勤務していた店舗では前例がなく、時代もあってか育児休暇は取れませんでした。それでも、同じ敷地内に住んでいた私の実の母が娘をみてくれていたおかげで、若かった私は出産後二カ月あまりで職場に復帰しました。

朝母親に娘を預け、夜七時すぎに娘と一緒に自宅へ。週休二日ではあったものの、毎日くたくたでした。

今では主流の時短勤務も、あの頃はなかったですからね。そのためか、日々成長する娘の幼い頃の記憶があやふやで、自分が育てた感もあまり感じられず、残念に思っていました。絶対二人目ができた時には仕事を辞めて、子供を一から育てたいと思っていたのですが、残念ながら二人目はできませんでした。

若い時の出産でしたから、四十代で娘も成人し、その後は楽でしたが、小さい頃にそばにいてあげる時間が少なかったことは、今でも大きな後悔として心に残っています。

12　長い付き合いの友人

高校二年で出会い、四十年もの長い間お付き合いをさせていただき、ご主人の転勤でソウルにしばらく住んでいた友人の話です。

高二の時、偶然席が近かったため話すようになり、部活も違い家も離れていましたが、とても仲良くなりました。彼女はいつもとにかくポジティブで、周りに気を配り楽しくさせる天才でした。そして常に自分自身も堂々としています。自分にはないものを持っているようで当時うらやましく感じていました。彼女は演劇部で、劇団四季が好きだったこともあり、よく一緒に、芝居やミュージカルを見に行っていました。

卒業後、プライベートでの初めての海外旅行に別の友人とも一緒にグアムに行きましたし、東京で一人暮らしをしていた頃はよく遊びに来てくれていて、夏休みには、やはり三人で一緒に九州一周旅行にも出掛けました。

あの頃の学生は、皆、ＪＲが国鉄だった頃のワイド周遊券を使って、北海道や九州を旅したものです。泊まりはやはりあの頃流行《はや》りのユースホステル。今もありますが、昔とは様変わりしているのでしょうね。ユースではお決まりの夕食後のミーティングがあり、今思い返してみても馬鹿馬鹿しいくらい楽しかったです。

おっと、話が横道にそれましたが、そんな思い出も共有している彼女は、今は横浜に住んでいます。駅に近い高級マンションで、田舎者の私からすると、人生成功した一人だと常々思っています。

そんな彼女も実は一人っ子。私に娘が生まれた時、ぜひ彼女のようにポジティブで、包容力のある人間になってほしいと思いました。それほど自慢の友人です。

13　母への想い

二年前の二〇一九年二月、母が亡くなりました。元気だったのに突然いなくなってしまったのです。

私は二人姉妹の次女、ずっと親は長女と暮らすものだと思っていました。二歳違いの私たちは、高校卒業後、いっとき家を離れた時期がありましたが、一人暮らしも二年間が限度だった私は、地元に戻り就職をしました。姉は看護師を目指して私より長く学業にいそしんでいましたし、卒業後しばらくは学んだ病院で働く決まりでしたので、先に私が地元に戻り両親と暮らしていました。結婚も競ったわけではありませんが、同じ年に二人共結婚し、家を出ることになりました。

母は長い間看護婦をしていました。これは昔の呼び名ですが、今でいう看護師です。いわゆる「白衣の天使」だったのです。働いていた時の母の姿もしっかりと覚えていますが、本当に白衣が似合う笑顔の美しい人でした。

私が地元に戻った頃、自分の兄と経営していた父の会社が上手くいかず、ストレスがたまったのか、まだ若かった五十代半ばから父の体や行動に変化が出始めました。手元がおぼつかない、言葉が上手く出てこない、急に記憶がなくなってしまう、自分のことができないなどです。しばらくは、そんな父を家に置き母は仕事を続けていましたが、外に一人で出掛けていなくなってしまったことがあったので、心配で一人で置いておけず、母はやむを得ず仕事を辞めることにしました。その時母は五十歳くらいだったでしょうか。

私が結婚を急いだ理由は、実は姉に負けまいと思ったことも事実ですが、父の容態が厳しいからだったのかもしれません。結婚直前に両親と私で伊勢神宮に出掛けた時、宿泊先での男湯に一人で入らせるのが心配で、脱衣所まで母が付いていったことがありました。誰もいなかったから良かったけど……。

その後、私の結婚式のあとに父が倒れ、脳梗塞で寝たきりの状態になりました。それから母の長きにわたる介護生活が始まりました。

嫁ぎ先のご両親の配慮で、私たちの新居の敷地内に両親用の平屋の家を建ててくださり、寝たきりの父と、介護をしていた母は引っ越してきました。ベッドから寝たまま浴槽に入れるようにと部屋の中にリフトもつけてくれ、母はリモコンを操作して父をお風呂に入れていました。そんな生活が六年以上も続いたのです。喉を切開していた父は流動食でしたが、母がいとも簡単に（そう見えたのです）手作りで毎日食事を用意し、床ずれができないように定期的に体の位置を変え、しゃべることはできませんでしたが意識はあった父の耳元で、演歌や民謡のカセットテープを流し続けていました。私には、時に鼻歌交じりに、介護を、いや、父との生活を楽しんでいるかのようにも見えました。

母が引っ越してきた翌年に私に娘が生まれましたが、育児休暇など取れない時代、若かった私は母に娘を預け、フル出勤で働いていました。母は、寝たきりの父の介護に生まれたばかりの孫の世話と、本当にすごいことをやってのけていたのです。

娘が年長に上がる前、父の容態が急変し、そのまま帰らぬ人となってしまいました。享年六十四歳、一九九五年二月十三日のことでした。不謹慎かもしれませんが、母は、「もう十分だよね」といった、すがすがしい表情に見えた記憶があります。

それからの母は、今までできなかった分人生を謳歌するかのように、カラオケ、水墨画、マレットゴルフ、旅行など、本当に精力的に毎日を楽しんでいました。元々綺麗で若々しく見え、明るく行動的だった母は、あちこちのコミュニティでとても人気がありました。カラオケの会でスナックに行き、夜遅くに帰ってきたり、家にもお友達が絶え間なく訪れたり、いろいろな方が玄関先に農作物を置いていってくれたりと、当時あまり近所との交流がなかった私は、母の交友関係の広さに驚いていました。

そんな、友達が多く楽しく住みやすい地から、私の事情で母は引っ越すことになってしまったのです。きっと誰よりも離れがたく、お友達との別れを悲しくつらいと思っていたであろう母が、私に恨み言一つ言わずに付いてきてくれました。

引っ越した先は母の実家がある町でした。家には少しですが庭があり、買い物や街に出るにも便利なバス停も近く、以前のところからも電車で十五分ほどの距離でしたので、しばらくは前のコミュニティに参加することができていました。

そこで七年ほど暮らした頃、母親の異変に気が付きました。耳が聞こえづらくなったのか、本人は気付かずテレビの音量が四十にもなっていたり、歯科医の先生から、治療結果をうまく理解してもらえないので家族と一緒に来てほしいと言われたり、昔から料理上手だったのに料理の仕方が変だったり、いつも行くスーパーで売場がわからなくなったり。そのくらいなら年齢に応じた変化なのかもしれませんが、私からすると、生活習慣の違いや、突然同じ空間での生活になり、それまで見えていなかった部分があからさまになり、娘の育児でも世話になって何かと面倒をかけてきたのに、ちょっとしたことで母とぶつかることが多くなりました。

私にとっての母は、ずっとあの白衣の天使のイメージのまま。何でも知っていて何でもできて、常に自分の上にいる存在。それなのに、この頃の母はできないことばかりで、何度も同じ話をして、大きな音でテレビを見て……。そんな母を忌々しく思う自分がいました。

仕事で何日か留守にすることがあったため、母を残して家を空けるのが心配なのと、なぜ次女の私ばかりが母の面倒を見ないといけないのか、金銭的な面も限界にきた私は、ある日思いの丈を姉にぶつけ、涙ながらに訴えました。姉も、そう言われてもすぐどうこうできる問題ではありません。

いろいろ悩んだ結果、姉の家の隣に引っ越してきたらどうかという話になりました。ちょうど空き家になっていてリフォームすれば十分住めるし、山の上で多少不便だけれど庭もあるし、そうなれば一緒に母の面倒を見ることができるからと。当時の私には他に選択肢がなく、もう一度母親と引っ越しをすることになりました。母はその町から離れたくなかったでしょうが、私に従ってくれ、引っ越しの準備が始まりました。多少ボケが進んでおり、荷造りもそれはそれは大変でした。また、知らない土地で交通の便も悪かったこともあり、なかなか自分で自由に出掛けることができず、また、出かけた先で迷ってもいけないので、「外には一人で行かないで」とつねに言い聞かせていました。

一日中話す相手がいない状態で、やっと私が帰ってきて話をしようとしても、私は必要なこと以外母と話もせず、話を聞こうともしなかったことが、母の症状をいっそう悪化させてしまったのだと思います。

忘れもしない二〇一九年二月十八日、仕事を終えて家に帰ってきたのが二十時すぎだったでしょうか。もう母は料理もいろいろ作ることができなくなっていたので、その日の夕食はレトルトカレーでした。お皿にはご飯が盛ってありレトルトを温めてくれていました。先に食べ終わっていた母は、私がご飯を食べていると、しきりに「膝が痛いんだよねー」と言っていましたが、私は気にも留めず「また外を歩きすぎたんじゃないの？」といつものようにそっけない口調で返しました。食べ終わった私は、そのまま二階に上がりました。母は先にお風呂に入り、上がったら私に声をかけてくれるはずでした。珍しくその日私はお酒を飲まず、二階でテレビを見ていて十一時まで一度も下りてくることはなかったのです。お酒を飲んでいると、トイレやお代わりをするのに下におりるのですが、飲んでいませんから、十一時になり番組が終わったタイミングで一階に下りてきました。すると、お風呂場の電気が付いている？　またお母さん消し忘れたのかな？　とドアを開けると、そこには湯船に座って目を閉じている母がいました。確か首から上はお湯から出ていたと思います。慌てた私は一人で引っ張り上げることができず、すぐ隣の家の姉を呼びに行き、二人で母を外に出し、看護師の姉が人工呼吸を、私はすぐ救急車を呼びました。驚きとショックと悲しみでうまく言葉が出てこず、救急隊員の方に半分怒られながら説明したことだけはっきりと覚えています。救急車の中でもずっと人工呼吸をしていただいたかいもなく、母親は戻ってきませんでした。二月八日に八十五歳になったばかりで、くしくも父の命日とは五日違いでした。

もう二年前のことですが、思い出すと今でも自責の念で胸がいっぱいになります。

母の最後の食事がレトルトカレーだったこと、普段なら、私は二階に上がっても何度か下におりてくるのに、なぜその日に限ってお酒を飲まなかったのか、母との最後の会話が素っ気なかったこと、高齢だったのにまた引っ越しになってしまったこと、優しい言葉を最後までかけてあげられなかったこと、何もかもが悔やんでも悔やみきれません。きっと一生「なぜ？　どうして？」と思いながら暮らしていくのでしょうね。天罰だと受け止めています。

体力的にはとても元気で、あの年でも持病や通院歴もなかったですが、血圧の薬は飲んでいました。冬でしたから浴槽でヒートショックを起こしたのでしょうか？　なぜあんな亡くなり方だったのか今でもわかりません。

ただ最期の母の表情は、苦しんだ様子もなくとても穏やかでした、本当に。

今思い返すと、母は自分が介護で長い間苦労した分、私には大変な思いをさせまいと思っていたのかもしれません。あまりにも引き際が綺麗すぎて言葉もありません。

次女の私がずっと母と暮らしてきたことは、何か意味があったのだろうと、亡くなってからもずっと自問自答しています。

今年二月に三回忌を迎えました。コロナ禍ではありましたが、身内のみで法要を済ませ、母の仏壇の前で家族皆で会食をしました。ひ孫二人の楽しく遊ぶ笑い声が、天国の母にも届いたと思います。きっと目を細めて一緒に好きなお酒を飲んでくれたと。

突然いなくなってしまった母を、偉大な母を忘れないためにと書き留めました。

母を思い出さない日はありません。あの、ほとんど話さなかったことが信じられないくらい、私は今、仏壇の母にたくさん語りかけながら日々暮らしています。

14　母と一緒に行った思い出の旅行

せっかく旅行会社にいるのだから、もっともっと母を旅行に連れていってあげればよかった、連れていってあげられたのにと、今更ながら思います。

結局、母と一緒に行った海外は、ハワイだけでした。それでも、一緒に出掛けた旅行を、いくつか思い出してみました。

ハワイ編

私と娘、姉と甥っ子と姪っ子、そして母の六名でハワイに遊びに行きました。

子供たちが小学生の時でしたから、もう二十年以上も前のこと。たぶん母はその時が初めての海外だったかもしれません。

ホテルは、私のお気に入りのヒルトンハワイアンヴィレッジ。現地ではオアフ島一周の観光バスに乗り、パールハーバーや、ドールプランテーション、ノースショア、ワイメアバレーパークでの滝ショー、ハナウマベイなどに行きました。旅慣れていない母に加え、子連れでしたので、簡単に回れるオプショナルツアーがとても便利でした。

あとは、ホテルにキッズプログラムがあったので、子供たちはいろんな国の子供たちと一緒に一日を過ごすアクティビティに参加し、動物園にハイキング、館内のラグーンでの釣りを楽しみ、プールで思いっきり遊んでいました。さっそくお友達もでき（日本人）、家にいる感覚で、ホテルの部屋にお友達を誘い、また遊んでいました。

その間、大人たちは、子供たちのことが気になりつつも買い物や散歩と、思い思いに過ごすことができて一石二鳥でした。

それなりに大人数でしたので、二部屋が中で繋がっているコネクティングルームが大変便利でした。当時、ヒルトンハワイアンヴィレッジ内には小型ペンギンやペリカンなどもいましたし、また、ホテル内が大変広いので、ゆったり気持ち良く過ごすことができました。

母も、孫との旅行が大変楽しかったようで、帰ってきてからというもの、テレビにハワイが映るたびとても喜んで見ていました。

沖縄編

姪（姉の娘）が、二〇一六年四月に沖縄でリゾートウエディングを挙げました。挙式はANAインターコンチネンタル万座ビーチ内の、人気のチャペル「アクアルーチェ」。宿泊も同じところでした。

母にとっては初めての沖縄。三日間という短い日数でしたが、なか日が挙式でしたから、少しですが観光もしてきました。古宇利島と首里城（火災前です）、パイナップルパークぐらいでしたが、暖かくなってきた季節の沖縄で楽しく過ごしました。もちろん姪っ子のウエディング姿、とても綺麗でしたよ。

長崎編

なかなか一人では母を旅行に連れていくことができなかったのですが、この時は姉と、私の娘も予定が合い、一緒に三世代、女性四人で長崎を旅してきました。

長崎は、私と姉は高校の修学旅行で行きましたし、その他に私は二度ほど行っていますが、母と娘は初めてだったと思います。

長崎市内の観光と、軍艦島クルーズ、そしてハウステンボスに移動して、園内も観光してきました。市内は市電が便利で、大浦天主堂、浦上天主堂、平和公園にグラバー園を観光、夕食は新地で長崎ちゃんぽんを頂きました。

軍艦島は初めてでしたが、私的にはかなり見応えがありました。

長崎港から船で三十～四十分、確かに島の上には、廃墟の街が存在していました。炭鉱の町が栄えていた時代の映像を船の中で見ながら向かいます。最盛期の人口密度は東京の約十八倍、日本初の高層アパートが建設されていたり、世界一長い海底水道が通っていたりもしました。島の面積がとても狭かったため、小中学校も高層建築。その時代の炭鉱の鉱員のお給料は高く、テレビ普及率も高かったとのこと。とにかくその姿に、当時の様子に驚きでした。一見の価値ありです。

また、ハウステンボスは思いの外広く移動が大変でしたが、園内を歩くだけでも、また季節ごとのイベントだけでも十分楽しめる施設でした。母もお友達に、たくさんお土産を買って帰りました。

四国編

母と姉と三人で、四国の道後温泉、金毘羅さん、高知と回ってきました。たぶん三人とも初めての四国。

現地では姉運転でレンタカー移動でした。

到着したら、まずは讃岐うどんを食べないとね。有名な釜玉うどん発祥のお店「山越うどん」へ。行列覚悟でしたが何よりうまい。各自で並んでどんぶりにうどんを入れてもらい、トッピングを選んでお店の庭で賞味。とにかく美味しい！　本場の讃岐うどん恐るべし。

そして金毘羅山へ。あの長い階段を母はスイスイと上っていきました。私や姉のほうが息が上がっていたほど。

高松の栗林公園にも行ってきました。それほど有名なの？　と思っていたので、会社でお客様に案内する際はつい金毘羅山だけで、スルーしがちな栗林公園。でも実際に行ってみると、かなり良かったです。

まず広々とした園内、東京ドーム三・五個分の広さがあります。文化財に指定された庭園としては、なんと日本一の広さを誇るそうです。山があり池があり橋があり、とにかく綺麗で落ち着きます。お庭の手入れもさることながら、建物とのコントラスト、日本の素晴らしさを凝縮したような美しさは、一見の価値があります。ぜひスルーせず観光してみてください。

翌日はレンタカーで高知へ。

ひろめ市場で食べたカツオのたたきは、とても美味しかったです。私、普段あまりカツオは食べないのですが、市場では、豪快な炎を上げての実演調理も見どころです。

そして道後温泉一の老舗旅館「ふなや」に泊まりました。『坊っちゃん』でおなじみの、道後温泉本館にも寄ってきました。

この時の移動手段はレンタカーでしたので、瀬戸大橋にも行くことができ、駆け足でしたが、とても楽しい四国旅行となりました。

北陸編

沖縄でリゾートウエディングを挙げた姪っ子が、結婚する前に一緒に行ったのが北陸和倉温泉。三世代女性四人旅です。

新幹線で金沢まで行き、そこからは、またまた姉の運転でレンタカーでの旅行です。

近江町市場での海鮮に、金沢市内の観光。

そして千里浜なぎさドライブウェイでは、波打ち際を車で走り抜けました。お天気も良かったので最高でした。

また和倉温泉では加賀屋系列の「あえの風」に泊まり、色浴衣を皆で着たり、有名な「ルミュゼ ドゥ アッシュ」でスィーツを食べたり、温泉街で足湯に入ったり。

夕食は館内の個室茶寮で取り、御陣乗太鼓のショーを見たりと、女だけで楽しい二日間を過ごしました。


父親が元気でしたら、きっとあちこち母を連れていってあげていたと思いますが、それができなかったので、母は、娘たちに連れていってもらうしかなかったのですね。

もちろん、お友達との一泊の旅行にも何度か行っていましたが、娘とのほうが楽だったと思いますし、私は旅行会社勤めなのですから、手配や予約はお手のもの。もっともっと、いろいろ見せてあげられたのにと残念に思っています。

15　私の中にもう一人の私⁉

皆さん血液型は何型ですか？

私はＡＢ型ＲＨ＋です。文字通りＡ型とＢ型二つのタイプからできているというか、以前から私の中に、もう一人の私がいる気がしていました。実際ＡＢ型の方はわかっていただけるかもしれませんが、まったく違う性格の二人が私を形成している感じです。

有名なノンフィクション『24人のビリー・ミリガン』。私も前に読みましたが、あそこまで別人格はいません（笑）。ただ、決断に迷っている時や、失敗した時、頭の中でもう一人の私が私に向かって、冷静に意見を言ったり文句を言ったりします。

《だから止めたほうがいいって言ったよねー》

《言っていることとやっていること、違いすぎない？》

《本当にこっちに決めていいの？　もう少し考えたほうがよくない？》

なぜか決して誉めたり喜んでくれたりはしないですが、あまりに厳しく言われるので、その言葉にしばらく落ち込んだりもします。

本当にやっかいですが、きっと私自身の決断力のなさが、二つの人格を形成してしまったのかもしれません。あまり人に相談しない性格なので、どうしようか迷った時必ず、選択肢を二つ作り、わざわざ決断を難しくする癖があるようです。

それでも、この関係ができてもうかなり経つので、もう一人の自分と案外うまく付き合っています。言っていることはその通りだし、当然ですよねー、もう一人も私なんだから。考えるとややこしいですが、同じように感じている方、いらっしゃいますか？

16　私という人間

二〇二一年四月に五十八歳になった私。いったい私ってどんな人間なのか。

子供の頃はとにかく引っ込み思案で、消極的で臆病な性格でした。特に、人前に出て話すことが最も苦手で、すぐ頬っぺたも赤くなってしまう、そんな恥ずかしがり屋な人間でした。今の姿からはとても想像できませんが（笑）。

それでも、家では怖いもの知らずの末っ子ですから、いわゆる内弁慶（家の中では強がっていて外では意気地のないこと）でしたね。そんな恥ずかしがり屋が、なぜか人と話す接客業に就き、お客様とお話しすることになるなんて、今思うとどうしたの？　何があったの？　と思いますが、いろいろな人との出会いや経験が、性格や人となりを変えてくれたのでしょうか。

今の私の性格はというと……

・心配性&せっかち
・好きな言葉は「予定通り」
・ウケを狙う
・三大早い
・一人が案外好き
・決められない
・大雑把
・皆によく思われたい、良い人でいたい
・座右の銘は「案ずるより産むがやすし」

とにかく難しいような簡単なような性格。まさにこれが今の私です。

①心配性&せっかち

自分の性格を一言で言うならこれ。私ってものすごくせっかちなのです。間違いなく母からの遺伝だと思います。母もかなりのせっかちでしたから……。せっかちは心配性の側面もあり、まさにこの二つの合体版なのです。

例えば、誰かと九時に待ち合わせをしたら、まずその場所に、十分前には着くように考えて時間を逆算。その場所まで車で二十分で着くとすると、余裕をもってさらに十分時間を余分に取ります。起きてから一時間で用意ができるとすると、まず七時二十分に起きようとします。でもここで念のためさらに十分早くして、すなわち一時間五十分前の、七時十分に起きるということなんです。

用意するのに一時間、車で二十分なら普通七時四十分に起きればいいところを、私は三十分も余裕を持ってしまうというわけです。途中で何かあったら、道が混んでいたら、時間通りに起きることができなかったら……といろいろ心配してしまうのです。

ですから結局は時間がありすぎて、すべて用意が済んだあと、余裕でコーヒーを飲んだり、音楽を聴いたり、それでいてやるべきことを忘れていて、あんなに早く起きたのに、結局バタバタして出掛ける羽目になることが多いです。

そんな時は、必ずもう一人の自分に嫌味を言われますけど（笑）。

また、あまりにも早く起きたり準備を始めたり、とにかく早め早めに行動するので、娘と旅行に行った時にはよく「お母さんせっかちすぎるー」と嫌がられてしまいます。

②予定通り

そんな心配性の私ですから、絶対に前もって予定を立てる人間です。大好きな旅行も、新幹線なら必ず指定席、行った先で宿を決めたことなど、一度もありません。

旅行先での観光も予め細かく決め、その予定通りに動くことで、何か達成感のようなものを感じています。現地で当日何かアクシデントがあり、予定通りにいかなかったら、その修正に時間がかかるというか、テンションが下がるので持ち直すことが容易ではありません。

ですから私の大好きな言葉はスバリ「予定通り」。なかなか臨機応変に、行った向きで、その日の気分で、ということができない人間なのです。

もちろん食事のメニューも予め購入品を決めて買い物に行くので、「今日は○○が安い！」となっていても、そんな予定にないものは買いません。

また、急に外出の予定が入るとか、何か頂いたりすると、考えていた予定が狂ってしまうので、立て直しに四苦八苦します。面倒くさい人間なんですね。

③ウケを狙う

私は基本、話をしている相手に笑ってほしいと思っています。相手の表情を気にするあまりかもしれませんが、面白くしたい気持ちがとてもあります。

例えばお客様とご旅行の相談中も、面白い話やできるだけ面白く説明したくてウケを狙うことがあります。笑っていただいてなんぼって感じですかね？

それがお客様と、短い接客時間であっても打ち解けたり、良い印象を持っていただくことに繋がるので、その前のお客様に聞いた話を、次のお客様に面白くお話ししたり、自分の経験話を笑いを交えてお話ししたり。笑っていただくとホッとしますし、またこれ使えるとメモしたりします（笑）。

④三大早い

これは何かといいますと、先ほどから私はせっかちだとお話ししていますが、その要素がはっきり出たのがこちら。

私、人よりすごく早いことが三つあるんです。

食べること・着替えること・歩くこと。

とにかく食べるのが早いです。周りの方はよくご存じですが、もう噛んでいませんね、飲み込んでいます。調理時間三十分、食べる時間十分のような感じです。早食いの意識はまるでありませんし、腹ペコだからでもありません。これは今になって思い返すと、おそらく新卒で配属になった店舗に休憩室がなく、着替えだけをする穴ぐらのような小部屋でお昼のお弁当を食べていたのが原因ではないかと……。いち早く食べ終わって、外にお茶をしに行きたくて、自然と早食いになってしまったのではないかと真面目に思います。とにかくびっくりするほど早いですから私。ゆっくり食べないと、健康には良くないですけどね。

私の会社は制服なのですが、着替えるのが速いと社内で有名です。これも理由はちゃんとあります。長いこと電車通勤をしていたのですが、田舎ですから一本逃すと二十～三十分待つのは当たり前。そのため仕事が終わったらすぐに着替えができるようにと、簡単に着脱ができる洋服で昔は出勤していたので、その影響かもしれませんね。あの頃は子供を母親に預けていましたからねー、少しでも早く帰らないと。

また、私は歩く一歩が大きいのです。しかも普通に結構速足で歩くので、人と一緒に歩いている時には、あまり離れないように気を使うこともあります。また、混んでいる時は、前の人の足を踏んでしまうこともしばしば。のんびり歩くことにストレスを感じたり、娘と一緒に歩いていてもいつの間にかものすごく差が開いて、「お母さん歩くの速すぎ！」と言われてしまいます。ここでもせっかちが出ていますね。まあ年を取ってからは、以前ほど娘と歩幅差は開きませんが（笑）。

⑤一人が案外好き

「８　自由気ままに一人旅」でもお話ししましたが、私は結構一人が好きです。人に遠慮せず人目も気にせず、自由に何でも好きなようにできますし、独り言を言っているので、あまり一人を意識したことはない気がします。

それでも外で食事をする時や、韓国以外の旅行先での一人はちょっと……かもしれません。国内は大丈夫かな？　ただ、人の目を気にしなくなったらおしまいだよと、もう一人の自分が言っています。

⑥決められない

優柔不断で決められないことが多いと、「15　私の中にもう一人の私⁉」でお話ししましたが、ちょっとしたことでも迷ってしまいます。例えば、これは今日食べたほうがいいのか、明日食べたほうがいいのかとか、休みの時など、ご飯の前にお風呂に入ろうか、食べたあとにしようか……こんなくだらないことも一応悩んでみてしまうのです。

それほどまでに暇になってしまったのか……。

⑦大雑把

予定通りにやらなければ気が済まない割に、やることは大雑把な私。

うだうだとやり続けることが嫌いで、この時間までにこれとこれと、ここだけはやると予定を立てますが、例えばどうしてもその時間までに終わらなかった場合、時間を延長して終わるまでやるかというとそうではない。そこまでに終わるように、初めから考えてやる。隅々までやると一時間かかるが、一時間は費やせないので、三十分で終わるところまでやるのが私流。とにかく、三十分でできるようなやり方でやるということです。

かなりの大雑把ですね……。

⑧皆によく思われたい、良い人でいたい

これは皆そう思うのかもしれませんが、基本争いは嫌いなのと事なかれ主義なので、ことを荒立てないのと、良い人ぶるところがあります。また、年を重ねてきて特に、穏やかな人間でいたいと思いますね。

⑨座右の銘は「案ずるより産むがやすし」

心配性の私は、初めてのこと嫌なこと心配なことがあると、この言葉を思い浮かべます。姉が出産の際に、なかなか産まれず長い時間苦しんでいたのを間近で見ていたので、自分の出産がとても心配でした。早く赤ちゃんの顔を見たい気持ちよりも、これから来るであろう痛みの恐怖が先に立ってしまったのです。

しかし実際の出産は、確かに痛みもありましたが、恐れていたほどではなく、短時間で娘が生まれてきてくれました。

心配するほどじゃないよ、思っているより大変じゃないよと、身をもって体験しました。

この経験から、嫌なことをやらなければいけない時、こう思うことにしています。

「大丈夫、案ずるより産むがやすしだよ」と。

そのおかげで本当に心配するほど嫌じゃなかった、大変ではなかったことが多かったかもしれません。

あまりに心配性で、ものすごく大変なように想像して、知らず知らずのうちに、自分自身でハードルを上げているのでしょうね。


あ！　もう一つ忘れていました。

私って根に持つ性格です。嫌なことがあった時、された時のことをずっと根に持っています。忘れっぽい割に、しつこいところがあるのかも？　こんな支離滅裂な私ですが、案外面白いと思いますよ。

私をご存じの方はどう思われますかね？

17　私をささえてくれるもの

私は今、いろいろなものに支えられて生きています。もちろん娘や仕事の存在も大きいですが、最も太く私を支えてくれるもの、それは間違いなく韓国ですね。

食べるもの（大辛党）から、
見るもの（韓国ドラマフリーク）、
聞くもの（K-POPオタク）まで、
すべて韓国に支えられております。
その中でも一番大きく、強く私を支えてくれているのが、★SHINee★です。
私と韓国との出会いは、二〇〇二年に遡ります、そう、日韓ワールドカップの年。偶然にもその年、日韓共同制作ドラマ「フレンズ」を見て、韓国人俳優ウォンビンに一目で落ちました。それまで韓国に対して、正直あまり良い印象がなく、社員旅行で初めて韓国の済州島に行った時も、アジュンマ（おばさん）たちのうるさい声にうんざりしていたほどです。
そんな私が、ウォンビンに心奪われたからさあ大変！
さっそくファンクラブに入会し、ドラマのロケ地巡りでソウルへ出掛け、韓国語も覚えなくちゃとNHKハングル講座を視聴し、ハングル検定を受験、スカパーに加入しての韓国ドラマ三昧。
とにかく、世間一般のように「冬のソナタ」が入り口ではなく、ウォンビンが私の韓国玄関口となりました。
ファンクラブのイベントで二回ほど渡韓し、その後、今度は韓国ドラマ「復活」から俳優オム・テウンに落ち（案外簡単に落ちる私）、こちらもすぐファンクラブに入会。なんと、日本の温泉でファンイベントが二度ほどあり、握手会にツーショット写真、おばさんとはいえ、少女のようにときめいていた瞬間でした。

そんな韓国人俳優オタク時期を経て、満を持してK-POPに足を踏み入れたのが二〇一〇年。偶然見た韓国バラエティー番組でアナウンサーの方が「ルシファー」という曲に合わせて踊っていたのです、しかもめちゃくちゃに。

それがSHINeeの曲「ルシファー」でした。それからというもの、YouTubeでSHINeeを検索しまくり、その曲のMVで、ロン毛だったテミンに一目惚れしたのでした。

二〇〇八年五月二十五日にデビューした彼らも、今年で十四年目。

彼らの存在なくして今の私はありません（キッパリ）！　それくらい、私の人生において最高の生きる原動力になっています。

歌はもちろん、パフォーマンスにバラエティー力、日本語も達者な彼らは、日本でもアルバム発売やコンサートを数多く行い、韓国でも日本でも確固たる地位を築いています。

コンサートで知り合ったお友達と、また次のコンサートへ出掛けたり、一緒にチケットを取ったりツイッターで情報交換したり。

コンサートでは息子（はいませんが）ほどの年齢の子にキャアキャア言って大声出して、

歌って踊って涙してすごく楽しいです。基本一人で、札幌にも広島にも大阪にも行きます。「ぼっち参戦（一人ぼっちで公演に参加すること）」という言葉も覚え、観光もかねての遠征はとても楽しいですね。今も毎日ＳＮＳでたくさんの方々と繋がり、共有していただく情報をもとに、自分のできる範囲で一生懸命応援をしています。

また娘が同じ事務所のアーティストのファンなので、一緒にコンサートに出掛けたりアルバムを一緒に買ったりもしています。そんな彼らのおかげで、元気をもらって毎日楽しく過ごしています。

遠征費を稼ぐために仕事をしているようなものだし、ファンのお友達が皆若いから、自分でも若さを保つよう努力したり、コンサート用に洋服を買ったり。

たかがアイドルと言われるかもしれないですが、されどアイドルです。

周りの人を幸せにすることがなかなか難しい今の時代、彼らが世界中のどれほど多くの人々に幸せを与え、日々楽しませているか。そんな彼らは寝る間も惜しみ、努力を積み重ね続けています。彼らの母親以上の年齢の私も学ぶことが本当に多く、尊敬できる存在であることは間違いありません。

昨年は、新型コロナの影響で、決定していた公演がことごとく中止となり、寂しくつまらない一年になってしまいました。彼らアイドルにとっても、頑張って準備したものを披露する場のコンサートや、ファンとの交流ができなくて、悔しい思いをした一年になったことでしょう。

今年こそ、昨年の分も幸せな年になってほしいと思います。

ちなみに、このＳＨＩＮｅｅというグループのファンダムのことを、ＳＨＩＮｅｅ ＷＯＲＬＤ＝シャイニーワールド＝シャヲルっていいます。ファンの人たちに名前があるのですね。可愛いでしょ？　私もシャヲルの一人ってことです。

これからも、ちょっと大袈裟ですが、私の命の続く限り彼らの成長を見続け、共に幸せでいたいなと思っています。

そんな存在なのです、ＳＨＩＮｅｅは。最高！

18　出待ち

皆さん、出待ちってご存じですか？　有名人のファンが、公演や試合を終えて出てくるアーティストを見るために、出入り口で待つ行為のことを出待ちといいます。あまり良い行いではないのかもしれませんが、一目でも会いたいという気持ちがそうさせるのです。

実は私も出待ちをしたことがあります、それも地元長野で。

私の好きなＳＨＩＮｅｅが、なんと長野で公演を行ったことがありました。え!!　あの

ＳＨＩＮｅｅが⁉　と驚かれる方も多いと思いますが、実は二〇一四年十月十一日、長野県民文化会館（現ホクト文化ホール）に来たのです。

もちろんすでに大人気だった彼らは、当時「東京ドーム公演」という大きな目標を持って活動をしていた一環で、くまなく地方のホールをツアーで回っていたのでした。九月二十八日の市原市民会館を皮切りに、全国二十都市三十公演、オーラスは十二月十四日の神戸ワールド記念ホールでした。これは、本当にすごいことなんです！　アリーナレベルの集客が十分可能なグループがあえて地方を回る。でもそこがＳＨＩＮｅｅのスゴイところなんですね。……おっと、力説しすぎました（笑）。

公演のチケットは本当に争奪戦でした。当たり前ですよねー。彼らは二万人を超える会場を埋めるレベルのグループなのに、文化ホールは二千二百人ですよ。それでもやっぱり地元の利があったのでしょうか、なんとか私もチケットをゲットすることができました。欲張って、近隣県もたくさん応募しましたが、当選は長野だけでした。

長野公演の前は、一日空いて長崎ブリックホールか……いったいどうやって彼らは長野入りをするだろうか？　そこで私、考えました。なんとか出待ちできないものかと（笑）。

当時、北陸新幹線は、長野までの運行でした（金沢まで延びたのは二〇一五年三月）。このツアーは、関東近隣を回る場合にはスタッフさんやダンサーさんも含めてバスでの移動も多かったと聞いていましたが、何しろ長野までの高速は高低差もありますので、絶対新幹線だと踏んでいました。

　公演の開始は十七時半でしたが、念入りにリハーサルを行う彼らは、絶対に前日入りをするだろうと思い、長崎公演終了後はそのまま長崎で宿泊し、翌日の午前中に飛行機移動、午後の新幹線で長野に入るのではないかと考え、まずは会社に午後の有休を申請し（笑）、十四時すぎから長野駅で待機することにしたのです。

　都合の良いことに、長野駅の出口は一つ。今は隣接のショッピングセンターへの出入口がありますが、当時は中央口一つだけ。正面で待てば出てくる彼らに絶対に会える！　とても五十歳を過ぎたおばさんの行動とは思えません（笑）。

　それでも何を思ったのか、移動中きっと退屈だろうなと思い、テーブルゲームをいくつか彼らに渡すお土産に用意していたところは、発想がおばさんすぎるー（笑）。

　でも、十四時すぎからずっと正面にいたわけではありませんよ。そんなことしたら、足がつって彼らに会う前に倒れちゃいますから。新幹線の時刻を見て、到着時間に合わせて正面に待機し、それまでは少し離れた待合室で座っていました（この時間がとっても大事）。

　待つこと四時間、ついにその時が訪れました！

　十八時半近くだったでしょうか？　一目でそんじょそこらの男の子たちとは違う、カッコいい若い男の子数人が改札あたりで話をしている。まさしくＳＨＩＮｅｅだ!!

もちろんそこで出待ちしているファンらしき人は私一人です。誰も大人気のSHINeeがそこにいるなんて思いもよらないはず。自然に彼らに近寄っていく私、確か名前叫んだよなー、手を振ったよなー（覚えていないんかい）。

なのにその瞬間、一人のマネージャーに、

「近寄らないでください」

と、確か日本語で制止されてしまった私。

いや、このお土産だけでも渡したいんです、そんな近寄るなんて、おこがましいこと考えてません！

「テミン！　キーくん！　ジョン！　ミノ！　オニュ！」

と一応全員の名前呼んでみました。するとジョンとキーくんは、こちらを見てお辞儀をしてくれたような……。とにかく、そこにいたファンは私だけだったのに、お土産はおろか、近づくことさえできませんでした。一人のマネージャーに止められて。

確かにびっくりですよね、新幹線降りて改札出たら、日本人のおばさんが一人キャアキャア言っているのですから（笑）。

とにかく一行は、足早に東口のエスカレーターを降りていき、私もあとを追ったのですが下でたぶん高校生の「え？　SHINee⁉」の声が聞こえ、はっと我に返った私は（ここで我に返ったのか？）とても下に降りる勇気はありませんでした（笑）。

果たして、彼らの目に私は映ったのでしょうか？　結果的に出待ちは成功でしたが、なんと大胆な行動だったことか……。

今では笑い話となっていますが、後にも先にもＳＨＩＮｅｅにあそこまで近づくことは、絶対にできないと思います。

おそらく二メートル（？）か三メートル（？）先に、確かにＳＨＩＮｅｅがいました。

まあ時には、思い切ってやってみるのもいいですよね（笑）。

19　何度でも言いたい！　韓国大好き

私の韓国好きは、もう十分におわかりだと思いますが、本当に大好きなんです。これも韓国ドラマに出会えたおかげです、本当に良かった。

この項では、ソウルで私が行ったお勧めレストランや、場所、実際現地でどんなふうに過ごしていたか、エピソードも交えてご紹介しますね。基本的に、最先端のお店や場所は、行きませんし、知りません（笑）が、私が韓国に行ったら、絶対行きたいところをご紹介したいと思います。

ただ、二〇二〇年の新型コロナの影響で、かなりのお店が閉店を余儀なくされたと聞いています。寂しい限りです。もっともっと行きたかったのにと残念でなりません。

①お勧めレストラン・屋台

まずは、閉店が確認されてしまった「味加本《ミガボン》」。明洞《ミョンドン》のお粥の名店です。一人でも行きやすかったし、美味しかったし、何よりメニューが豊富で毎日行っても飽きません。日本人の利用が多く、言葉の心配がいりませんでした。閉店だなんて残念の一言です。

続いてその同じビルに入っていた「神仙《シンソン》ソルロンタン」。ここも閉店と聞いています。いわゆるチェーン店ですが、朝食にこちらのソルロンタンは最高でした。明洞店ではありませんでしたが、韓国ドラマ「華麗なる遺産」で舞台になったので、韓国好きなら、知らない人はいないほど有名なお店です。明洞店以外は営業しているようですが、ここのキムチも絶品！　私はいつも自由に食べられるこのキムチを、器の半分ほど食べてきます（笑）。

「清潭《チョンダム》スンドゥブ」には、一人で二度ほど行きました。一人でも入りやすいです。有名人も訪れていて、サインがずらりと飾ってありますが、味も美味しい。

「金《クム》テジ食堂《シッタン》」。初めは社員旅行の時、サムギョプサルの美味しいお店をリサーチして、こちらに行ってきました。そしたら、あら美味しい！　地元の方で激混みでしたが頷ける味。その後、私の好きなＳＨＩＮｅｅのテミンさんが、友人でもあるＢＴＳのジミンさんと行ったと話題になりました。その後もう一度行く機会があり、しっかり二人のサインも見せていただきました。とにかく、分厚い肉が焼かれていくさまがすごいです！

「広蔵市場の屋台」は、「8　自由気ままに一人旅」でも紹介しましたが、市場の良いところは、安くてうまいところ、一人で手軽に利用できるところかな？　南大門市場で、カルチジョリム（太刀魚の煮つけ）も初めて食べましたが、南大門の奥は結構ディープなので、それならこちらのほうが行きやすいかもしれませんね。

ドラム缶焼肉「延南《ヨンナム》ソ食堂《シッタン》」。私が友人に連れていってもらったのは、新村《シンチョン》にある「ソソモンヌンカルビチッヨンナムシクタン」でしたが、そこがその後、名前を変えて営業しています。有名なお店ですから、たくさんガイドブックに載っています。立って食べる、メニューは生《セン》カルビのみ、キムチやご飯が食べたければ、持ち込みOKのお店です。とにかくうまかった。

②お勧め郊外小旅行

当時、ソウルに住んでいた友人に連れていってもらって以来、気に入って何度か訪れているのが「水原《スウォン》」。ソウルから鉄道で一時間くらいでしょうか？　城壁が残る、歴史ある街です。

まずは城壁巡りに出発。一時期は、便利なドラゴンバスという周遊バスが走り、それを利用して回っていましたが、今はどうなのかな？　途中、錬武台《ヨンムデ》広場というところで、国弓体験ができます。韓国時代劇ドラマに出てくるような、弓を射る体験です。

　お昼は有名な水原カルビで。中心部には、カルビのお店がたくさんありますが、最初に行った「ヨンポカルビ」の生カルビが忘れられず、ここにしか行っていません！　華虹《ファフォン》門《ムン》横にあるので、観光の途中に寄れるところがまず便利。そして、正直お値段は高いですが、カルビを頼むと付いてくるパンチャン（無料のおかず）の数が半端ないです。まあ何より生カルビの美味しさですよね！　とにかく最高です！　今まで食べたカルビで一番美味しいと思います、私は。

　何人かで訪れたなら、生カルビと味付けカルビ、両方を頼んでみると良いかもしれないですね。

③ロケ地巡り

　初めて見た日韓共同制作ドラマ「フレンズ」で、主人公の深田恭子さんがソウルで泊まったホテル「ヒルトンソウル」に泊まりたくて、二〇〇二年五月末に、娘と初めてソウルに行ってきました。ホテルに加えて、ドラマに出てきたマロニエ公園と映画館「ヨンファナラ」、レストラン「三元《サムウォン》ガーデン」でも、感激しながら食事をしたことを思い出します。

　韓国が初めてだった娘は、その当時十二歳。看板のハングル文字に酔ってしまったようで、気持ちが悪いと体調を崩した覚えがあります。いわゆる「ハングル酔い」。日本語以外に接したことがあまりない場合、ハングルが文字に見えず頭が混乱し始め、めまいを起こしてしまうことがあるようです。

ソウルに友人が住んでいた時にも、付き合ってもらって一緒にロケ地巡りをしました。ドラマに出てきた場所に行くと、何かそのドラマがとても身近に感じ、同じ場所に立っていることが信じられないような、不思議な気持ちになります。ここに座っていたんだ……とか、そうそう、ここよここ、ここがあの時の家だ！……と、とても感動します。

特に韓国ではドラマがたくさん撮影されていますし、スタジオ撮影もありますが、ロケでの撮影も多いようです。毎日あちらこちらで撮影があるとか。ドラマの中のお金持ちの住む家・公園や建物など、多くのドラマで同じ場所が使われていることが多く、とにかく行ってみたい気持ちにさせられます。

友人と行った時は「コーヒープリンス1号店」や「紳士の品格」を見ている時で、ドラマに出てくるカフェやビルなどを探して一日中歩いたこともありました。

また、ロケ地巡りの中でも、一人で行ったドラマ「復活」のロケ地巡りと、友人に付き合ってもらった平倉洞《ピョンチャンドン》のロケ地巡りは、特に思い出に残っています。

ソウルは坂が多いのと、開発された新興地域と取り残され再開発を待つ地域とがはっきり分かれており、再開発エリアは、いつ取り壊されるかわからない場所。ドラマ「復活」

では、主人公の義妹の家がこの再開発エリアにあったため、取り壊される前に行かなければとかなり焦っていましたし、ドラマにかなりハマりましたので、印象的だったこの家に、どうしても行ってみたかったのです。地下鉄七号線上道《サンド》駅近くに、その家はありました。見つけた時、とても感動したことを覚えています。

平倉洞は、韓国ドラマでは有名なお金持ちが住むエリアで、かなり古い家が多いのですが、山の斜面に、大きくて特徴のある豪邸がたくさん立ち並んでいます。今は江南地区のお金持ちエリアがドラマの主流のようですが、平倉洞には、有名な人気のあったドラマで使われた家がたくさんあります。

一時期は、この平倉洞のいくつかの家を回るロケ地ツアーまであったほど。もちろんこれらの豪邸は現在も一般の方々が実際に住んでいるのですが、見ただけで韓国ドラマの題名が出てくるほど、有名な豪邸エリアなのです。

以前友人と歩き回っていた時に、幸運にも撮影隊に出会ったことがありました。「千回のキス」というドラマで、主人公のチ・ヒョヌさんに会えたのです。その時はドラマの題名や内容はまだ知りませんでしたが、ほかのドラマで顔を知っていた私は、

「日本から来ました、一緒に写真を撮ってもらえますか？」

とつたない韓国語で話し、ツーショット写真を撮ってもらったことがありました。何度かこのエリアに通いましたが、撮影隊に出会ったのは、残念ながらこの時だけでした。実

際の写真は、今でも友人のブログに掲載されています。

④幻の……

ソウルはお店の入れ替わりが激しく、新型コロナの影響前でも、前回の渡韓で行ったお店が今回はやっていなかったり、移転していたりはよくあること。たびたび来ることができない者にとっては、とても残念なのです。

初めて一人でソウルに行った時、一人でも気軽に入ることができて、美味しいカルグクス（韓国のあさりうどん）のお店が仁寺洞《インサドン》にありました。その名も「ケンマウルミルパッチブ」。残念ながら、今から十年以上も前に閉店してしまっています。どなたか行かれた方いませんか？　気持ちを共有したいー。とにかく、広い店内はいつもお客さんであふれていました。もちろん頼むのはあさりうどんのカルグクス。マンドゥも食べたことあったかな？

まずは各テーブルに置いてある、「ご自由にどうぞキムチ」が非常にうまい！　私は、韓国で食べたキムチで、ここのキムチが一番美味しかったと今でも思っています。そしてあさりうどんがまた美味しい。朝からでも食べられるくらいの薄味なので、キムチを入れて、ちょうど良いお味かもしれません。こんなに美味しくて、当時五千〜六千ウォン（日本円で五百円から六百円）だった気がします。

本当にうまくて安くて、私のお気に入りのお店でした。どこかに移転していないかな？　今でも食べたくて仕方がありません。

⑤ソウルってこんなところ

ソウルのどこが好きって、まずはそこら中にある屋台が好きです。まだあまり屋台で食べたことがなく、ドラマを見てはうらやましく感じています。

朝忙しい出勤時間帯に、会社近くのトーストの屋台、午後は学生で賑わうトッポギやホットックなどのおやつ屋台、「仕事が終わって一杯やっていく？」の青いブルーシートの屋台でおでんやタッパル（鶏の足の激辛炒め）などを食べてみたいのです。日本でも、会社や家の近くにあったら私、絶対毎日通いますね。

また、三月にソウルに行った時、明洞でイチゴが売られていました。海外旅行に行くと、野菜不足になりがちですが、もっと深刻なのはフルーツ不足。私があまりスイーツを頼まないからかしら？

韓国のイチゴは、割と大味かな？　私が食べたイチゴだけかな？　すごく甘いとはいえないですが、みずみずしくて大きいのが特徴だと思います。それを買って、ホテルで食べるのがまた良いんですねー。

また、韓国人はさすが日本と同じアジア人。韓国に行くとよく韓国人と間違えられて、韓国語で話しかけられます。似ているんですかね？　特に私が。そんな時は、「イルボンサラミエヨ（日本人です）」と返事をしますが、たいていおばさんが話しかけてきます。

そして韓国は、儒教の教えが人々に根付いていますので、地下鉄では年長の方に席を譲ります、まあそれは至極当然のことですね。日本の地下鉄でもシルバーシートは当然ありますし、お年寄りに席を譲ることはごく当たり前のことですが、韓国は五十代でも席を譲られます、もちろん見た目年齢でですけどね。

五十代で席を譲られると、結構ショックですよねー。まだそれだけは勘弁してほしい。なんとか私はまだないですが。社員旅行で訪れた時、おそらく五十代だった先輩が席を譲られて、もちろん断りましたが、かなりショックだったようでした。

そしてソウルに行った時に必ずやることが、「あかすり」。昔は汗蒸幕《ハンジュンマク》のコ―スを一通りやったことがありましたが、結構高いので、近頃は健康ランドのようなチムジルバンで、あかすりをやってもらっています。

いつも行くのが、地下鉄四号線新龍山《シニョンサン》駅前の「ドラゴンヒルスパ」。駅から近くて、大きくて良いですよー。でも、最後に行った時に、あかすりのメニューを選択する前に、勝手に高いコースをお店の人が始めちゃって、あとでもめたことがありました。日本語のメニューもありますので、きちんと確認してから、あかすりでリラックスしてくださいね。

20 行ってみた！ 慶州・釜山二泊三日

ソウルに住んでいた友人宅を訪れた際、一緒に外国人観光客向けの、片道無料のバスを使って慶州・釜山へ行ってきました。

私はK-POP絡みや韓国ドラマ絡みでソウルに集中して行っているのですが、韓国のバラエティー番組「一泊二日」を見てから、韓国の地方都市にも興味がありました。自分の知らない、綺麗な場所や不思議な場所へ行き、美味しい地方の料理も食べたいと思ったわけです。

でも、観光客が地方を自分で回るのは、時間がなかったり、交通手段がなかったりでなかなか難しいものです。友人もソウルではもちろん車を持っていなかったので、当時の観光客向けのキャンペーンが、とてもありがたかったです。

ソウルを朝八時に出発し、途中二カ所で休憩を取って約四時間半、慶州の普門湖《ポムンホ》近くのヒルトンホテルに到着。ホテルに荷物を預け、お昼を食べに出掛けました。

「予定通り」という言葉が好きな私は、もちろん日本からお店をリサーチして「コンイラン」という食堂でお昼を食べたいと思っていました。つまりそれは、何があっても、コンイランで食べるということなのです。

ところが、調べた場所に行ってみると影も形もなく、「リニューアル、前方2・5キロ」という看板が。あいにくバスは行ってしまったあと、もちろん歩きましたよ！　途中、違う食堂は数々あれど、私のお昼はコンイランですから（笑）。

ここの売りは選べるチゲ（鍋）の定食。地元の方に人気で有名な食堂ですが、現在はあるかどうかわかりません……。とにかくパンチャン（おかず）が十八種類もあるのです。私はオーソドックスなチゲ、友人は納豆鍋のチョングッチャンを頼み、当時一人七千ウォン（七百円ほど）。

納得の味と、コンイランで予定通り食事ができたことに満足して、またバス停まで歩きました。しかし、待っても待っても一向にバスが来ないので、仕方なくタクシーで一路仏国寺《プルグクサ》へ。ここは日本でいうところの京都のような感じ。修学旅行なのか、社会見学なのか、多くの学生さんでとても賑わっていました。さらに山の上の石窟庵《ソックラム》にも行ってきました。

続いて韓国ドラマ「善徳女王」で、私の好きなオム・テウンが演じた、実在の人物「キム・ユシン」の墓にも行っておかないとね。そのあと、同じくドラマの中で出てきた、昔の天文台であるチョムソンデも回り、慶州で有名な皇帝《ファンナム》パンを購入。熱々の焼饅頭って感じかな？

この日の最後は雁鴨池《アナプチ》。七世紀、新羅の時代に建てられた王の離宮と庭池の址《あと》ですが、現在ではいくつか建物も再建されていて、夜のライトアップがとても綺麗でした。

さあ、歩き疲れたけど、夕食は予定通りの「チョガチブ韓食堂《ハンシクタン》」へ行きますよー！　二人とも朝から長い一日でクタクタ……にもかかわらず、この食堂がなかなか探せない！　参考にしている地図が古かったため、時間がかかりましたが、着いてみれば韓国伝統家屋の素敵な食堂。ここの売りはキノコ鍋。友人はお酒を飲めないので、私一人でどんどん酒（マッコリのような感じ）を頼み、飲みきれない分は持っていたペットボトルに入れて持ち帰りました。

翌日は路線バスで釜山へ。ここでのホテルは海雲台《ヘウンデ》グランドホテル。荷物を預けて、まずは海東龍宮寺《ヘドンヨングンサ》へ。もうこの頃になると、バスを利用せず、私から率先してタクシーを使い、お寺まで。ここがまたそれはそれは美しいんです！　海岸沿いの絶壁に建てられたお寺で、波が下の崖に打ち付けられて、その波と建物のコントラストがまた素敵。釜山に行かれた際はぜひ。

観光したあとはお待ちかねのお昼。この日の予定は海鮮。海雲台ビーチにある「チョンマルチョウンフェッチブ」、訳すと「本当に良い刺身家」。海鮮のコースで、生きたタコも出てきてそれがまた驚き。もっと美味しいお店があったのにと今になってみると思うのですが、なにせ私、旅行会社勤務とはいえ、韓国のグルメに関しては素人ですから仕方ありません。

昼食のあとはスパへ……しばし至福の時。

その後、まだあまりおなかがすいていないにもかかわらず、夕食を予定していたお店へ向かいました。それは「ケミチブ」。チェーン店ですが、これがまた美味しい。ヘムルタンジョンゴル（海鮮鍋）を頼み、二人とも完食。

とにかく、この日も予定通りで私は満足です。

三日目は、ソウルに帰る途中、大邱《テグ》にある「海印寺《ヘインサ》」に寄る予定でしたが、朝からの大粒の雨で仕方なく予定変更。

チャガルチ市場を見てから、KTX（韓国高速鉄道）でソウルに戻ることにしました。ホテルは食事なしなので朝食は市場で軽く済ませようなんて思っていましたが、呼び込みのお姉さんの勇ましい声に負けて、焼き魚定食を頼むことに。またそれが美味しいけどすごい量。とにかく食べ続けている私たち、さすがに昼は昨日の残りの皇帝パンにして、KTXでソウルに戻りました。

私が好きだった俳優ウォンビンのお姉さんが、以前やっていたおでん屋を親族に譲り、新しくブデチゲのお店をやっているとのことで、夜はそこに。地下鉄ヤンジェ駅からタクシーで十五分ほどの距離にある「ノルブ」というチェーン店ですが、味が濃厚でとても美味しいです。

以前一人で訪れたことがありますが、なかなかの量が出ますので、二人以上がベスト。それでも友人と難なく完食。お姉さんともお話ができて楽しいひと時でした。

この二泊三日は、十年前の二〇一一年秋の話。訪れたところすべて、今はどうなっているかわかりませんが、とても楽しい旅でした。俳優やアイドル絡みで行くのも楽しいですが、私は辛い物が大好きですし、地方の観光・自然・食にも興味があるので、一度は韓国にそんな文化交流目的で訪れてみたいという夢を持っています。十日間くらいの日程で、いろいろな体験や美味しいものを探してみたいのです。なかなか難しいかもしれませんが、もっともっと韓国語もマスターして、夢の実現に向けて努力してみたいと考えています。

また、この旅行で一緒だった友人がブログをやっていて、この二泊三日の旅行も詳しくブログに上げてくれています。

思い出してみて、記憶がないところは参考にさせていただきました。

「ｍｃさちの横浜便り」

その彼女、現在は横浜在住ですが、ブログにはソウル、香港、マレーシアのクアラルンプールと、ご主人の転勤で海外に住んだ時の面白エピソード満載ですから、ぜひそちらも覗いてみてください。

21　大好きな韓国ドラマ

日本のドラマを観なくなって、もうずいぶん経ちます。ドラマだけでなくバラエティー番組や、ワイドショーも家では見ていません。ニュースはスマホでも確認できるので、家のテレビは、現在では韓国専門となっています。

最近では「梨泰院《イテウォン》クラス」や「愛の不時着」が日本で大ブレイクしましたね。でもその二作は残念ながら私は観ていません。

というのも、韓国ドラマには面白い作品が他にもたくさんあるのです。

韓国ドラマとの最初の出会いは「冬のソナタ」ではなく日韓共同ドラマ「フレンズ」でしたが、もちろん冬ソナも視聴しましたし、冬ソナのユン・ソクホ監督の四季シリーズも全作品視聴済みです。

いったい韓国ドラマは何が良いのか？　どこが良いのか？

ここでは、私の好きなお勧めのドラマをご紹介しながら、〝何が？　どこが？〟の答えを探っていきたいと思います。

あくまで私の好みになりますが、いずれも見ていただいて損はない作品ばかりです。

順不同でご紹介します。

私のおススメ　その①

◇「未生」　二〇一四年　全二十話

未生と書いてミセンと読みます。

将棋の用語で、まだ生き石にも死に石にもなっていない、不確かな存在という意味だそうで、そんな主人公が生き石になるために、必死になって、もがき苦しんでいる姿が描かれている作品。

人生に、そして仕事に行き詰まった時、これを見ると、もう一度頑張ってみようと思える作品です。

主に舞台になるのが商事会社の社内。あたかも自分がそこで働いているかのような、錯覚をしてしまうほど。

とにかく、本当に面白い作品です。

隣に住む義兄や周りの友人にも勧めまくっていますが、評判も上々！　まだご覧になっていない方はぜひ！

私のおススメ　その②

◇「善徳女王」　二〇〇九年　全六十二話

かなり前の作品で、韓国ドラマ特有の長い時代物です。

新羅時代の、韓国初の女王となった善徳女王の一代記が、壮大なスケールで描かれています。でもその女王よりも注目したいのが、悪女ミシル。

とにかく、長さを感じさせないストーリーはさすが韓国ドラマ。子役時代から目が離せませんし、途中から出てくる華やかな花郎《ファラン》（国王の親衛隊）が目も楽しませてくれます。次が早く見たくなるスペクタクル時代劇です。

私的には、今まで見た韓国ドラマの中で、一番面白い時代劇だと思います！

私のおススメ　その③

◇「復活」二〇〇五年　全二十四話

唯一自分でＤＶＤを購入した作品で、これで私、主演のオム・テウンに落ちました。こちらもかなり前の作品です。ただストーリーが上手くできていて、どんどん引き込まれていきます。

主役のオム・テウンは一人二役をこなし、放送当時はお化けドラマ「私の名前はキムサムスン」の裏番組ということもあり視聴率こそ伸び悩みましたが、後半ぐんぐん数字を上げ、数字以上に反響がものすごくて注目された作品です。

復讐ものというだけではない、予測不可能な展開と、切ないラブロマンスが、見ている者の心を動かす作品。

完全にハマり、ロケ地巡りをしたほどのドラマです。

私のおススメ　その④

◇「紳士の品格」二〇一二年　全二十話

こちらも大好きな作品で面白い……というより、とてもお洒落な作品。

当時韓流四天王の一人、チャン・ドンゴンが出演していて、大人のラブコメといったところ。とにかくチャン・ドンゴンがとことんカッコいい！

このドラマを見たあとも、もちろん娘・友人を巻き込んでロケ地巡りしてきました。

私のおススメ　その⑤

◇「賢い監房生活」二〇一七年　全十六話

一話が九十分ほどありますが、これは本当に騙されたと思って、ぜひ見ていただきたい作品。とにかくこんなメンツがいるのなら、一度刑務所に入ってみたくなるほど（不謹慎発言ですが）。刑務所暮らしをユーモラスに描いた作品ですが、それだけではなく、一人ひとりの人生にスポットをあてたヒューマンストーリー。

私は観たあと、しばらく監房生活ロスになりましたから。

私のおススメ　その⑥

◇「自白」二〇一九年　全十六話

数ある法廷ものではベスト作品ですね。内容はまさに題名そのもので、一話目の事件からどんどん引き込まれます。

「無罪を証明するには、有罪を告白しなければならない」

数々の事件を絡めて、ラストまで息をつかせないストーリーが、本当にヤバいです。

おススメです！

私のおススメ　その⑦

◇「太陽の末裔」二〇一六年　全十六話

ご存じの方も多い、当時主役のお二人の結婚で注目された、大型ロマンチックラブストーリー。でも、それだけではありません。

海外ロケが上手く使われ、映像も美しく次が気になるドラマでした。主役のカップル以上にもう一組の恋の行方も気になりましたね。

私のおススメ　その⑧

◇「記憶」二〇一六年　全十六話

先ほどの「復活」と同じ脚本家の作品。主役の男優の演技と、描き方が抜群のヒューマンストーリー。中でも、主役の息子を演じた子役の演技に涙が止まりませんでした。じっくり見たい作品の一つです。

私のおススメ　その⑨

◇「キルミー・ヒールミー」二〇一五年　全二十話

私も、自分の中にもう一人の自分がいるような気がしていますが、この作品は主人公が七重人格。悲しい過去の出来事により分裂した人格をもった財閥の御曹司と、過去の大きなトラウマを抱えた精神科医の物語。この七人の人格を見事に演じ切っている俳優チソンは、もう素晴らしいの一言。

また流れる劇中歌、魂の叫びのような「幻聴」が、ドラマをいっそうせつないものにしています。ぜひご覧いただきたいです。

私のおススメ　その⑩

◇「麗 ～花萌ゆる8人の皇子たち～」二〇一六年　全二十話

時代物のこの作品も、一言で言ってかなりせつない……。八人のイケメン皇子が登場しますが、イケメンパラダイスを想像される方はご遠慮ください（笑）。

いろんなタイプの皇子がそれはそれは麗しく、でもとてもせつないのです。とにかく真相はご自身の目で！　イ・ジュンギが素敵なのは、言うまでもありません。

私のおススメ　その⑪

◇「サイン」二〇一一年　全二十話

少し前の作品です。医療ものというか、体に残された〝サイン〟、法医学者のお話です。出演者の演技力とスリリングな展開に、息をつかせぬストーリー。特にラストがすごいですから！　主役の、演技派パク・シニャンが素晴らしいです。

私のおススメ　その⑫

◇「シグナル」二〇一六年　全十六話

こちらも面白かったー。現在と過去が、無線機というツールで次第に合わさっていく。初めは混乱するかもしれませんが、うまい具合に話が絡んでいくファンタジー事件もの。俳優さん方が実力者ばかりで、いい味を出しています。十六話あっという間です。

私のおススメ　その⑬

◇「相続者たち」二〇一三年　全二十話

これこそイケメンパラダイス。主役のイ・ミンホがカッコいいのなんのって！　でもそれだけではありません、韓国で放送された時の原題は「王冠を被らんとする者、その重みに耐えよ―相続者たち」といい、主役のラブストーリーだけではなく、財閥二世であるがゆえの苦悩が描かれています。十八歳という、思春期のまだ大人ではない段階もまたポイントなんですね。とても面白く観ました。

私のおススメ　その⑭

◇「浪漫ドクター キム・サブ」　二〇一六年　全二十話

最後は医療もの。ドクターキム・サブの、何ともひょうひょうとしたキャラと、病院スタッフの何とも言えない味わいと、スピーディーな医療場面、ラブコメの要素もあって、あっという間に見終わります。

現在シーズン2まで放映され、とても人気のあるドラマです。

以上ご紹介したドラマは、あくまで私の好みで面白かった作品です。

まだまだたくさんありますが、きりがないので、十四作品をピックアップさせていただきました。共通していえることは、韓国ドラマはとても丁寧に作ってあって、見ていて共感できるということ。ただ面白いだけではなく、その人の気持ちになれたり、さもその場にいるような臨場感を味わえたり、強く心を揺さぶられ、胸がいっぱいになって涙があふれたり。また、一話がとても長いので、見応えもあります。俳優さんも、たくさんの作品でいろいろな役柄を演じているので、皆さんとてもうまいですし、カッコいいです。作品ごと音楽も素晴らしく、ＯＳＴ《オリジナルサウンドトラック》（劇中歌）が数多く作られていて、ドラマをいっそう盛り立てています。

　ぜひ皆さん、この十四作品のうち一作でも見ていただければ「案外面白いんだなー、韓国ドラマって」と絶対思っていただけると思います。私、自信あります！

22　韓国ドラマだけじゃない⁉　ハマった海外ドラマ

　韓国ドラマが大好きな私、でも韓ドラにハマる前には、アメリカのドラマにもハマっていたのです。ご存じの方もいらっしゃると思いますが、「Ｖ」「ＥＲ」そして「ビバリーヒルズ高校白書・青春白書」……そうです、かなり昔、大昔です。今思い出すと懐かしくて涙が出ますねー。

「V」

一九八三年のテレビドラマでしたから、リアルタイムでの視聴ではなく、その後一九八七年に発売されたVHSビデオ（昔ですからビデオです）を借りてきて見ていたか、一九九〇年に日本でも放映されましたので、それを見ていたのですね。

侵略目的で人間の姿で地球に来訪したエイリアンと、人間との戦いを描いたSF作品。恐ろしかったですが、出演者がけっこうカッコ良かったですし、とにかくハラハラドキドキのストーリーが気になり、とても面白かったことを覚えています。見ていた方いらっしゃいますか？

「ER緊急救命室」

こちらは一九九四年の、緊急救命室が舞台の医療ドラマ。日本では一九九六年から放送されていました。これも好きでしたね。医療ものはとにかくスピーディーですし、人の生死を扱っていますから、見ているほうも真剣になります。また、各キャストにそれぞれのストーリーがあり、丁寧に描かれている点は韓国ドラマに共通しています。

「ビバリーヒルズ高校白書・青春白書」

一番ハマったのはこれ。一九九〇年のドラマで、日本では一九九二年に放送開始でした。

（アメリカの高校生ってこんなに大人なの？）と、まずは驚きでしたね。また出演者がカッコよくて、私は断然ディラン派でした！　ご存じない方にはなんのこっちゃ⁉　ですが、とにかくビバリーヒルズのお金持ちのお坊ちゃま・お嬢ちゃまの暮らしぶりや、恋愛事情から目が離せませんでした。

舞台が高校から大学へと移り、出演者も交代等がありましたが、それでも大好きでした。アメリカのロサンゼルスに行って、トレードマークのビバリーヒルズの看板のところで、写真を撮りたいとずっと思っていましたが、実現に至らず時が経ってしまいました。

調べますと、その後新シリーズ「新ビバリーヒルズ青春白書」が二〇一〇年に日本で放送され、これは「青春白書」から十年後の姿を描いた作品だったようですが、その頃わたくしは、ＳＨＩＮｅｅにハマっておりましたから、まったく見てはおりません。うーー！　今からでも見たいかも⁉

23　確か受けたよなぁ ―ハングル検定―

「17　私をささえてくれるもの」でちょっと出てきたハングル検定受験。韓国ドラマに出会った時に、韓国語を独学で勉強し始めました。韓ドラとＫ-ＰＯＰ好きな方は、必ず通る道です（笑）。

ドラマの視聴は基本字幕ですが、耳からの言葉って、けっこう頭に入ってくるんですよねー。耳が韓国語に慣れるというか。勉強には韓国ドラマは最適だと思います。また、K-POPに推しができると、何を話しているのか自分で聞き取りたいと強く思いますし、メッセージなどの文章も読めるようになりたいですから、韓国語の勉強をし始めます。

私はまずNHKのハングル講座のテキストを購入して視聴を始め、それから〝はじめての韓国語〟のような本を購入し、書いたり聞いたりしました。そしてついにはハングル検定の受験を、わざわざ東京に行って受けてくるというところまで達しました……。大丈夫、皆が通る道です、たぶん。

それが今から十五年から二十年前くらいでしょうか？　たぶんウォンビンにハマっていた頃ですから、二十年近くも前ですね。受かったのか落ちたのかも、もう覚えてないくらいですが……。今はある程度ハングルが読める、話している言葉がなんとなくわかる時もあるという程度でしょうか？　あまり上達していないなあー。

若干、自分の中での韓国語を学ぶというブームは、過ぎ去った感がありますね（笑）。

24　一大事⁉　子供の学校の役員決め

今から二十五年以上も前の話ですから、今とはずいぶん事情も変わっていると思います。うちは娘が一人、いわゆる一人っ子です。少子化が叫ばれて久しいですが、住んでいた地区は本当に子供が多く、娘の同級生には三人兄弟、四人兄弟がたくさんいました。

小学校の時は、娘の他にあと一人だけ一人っ子がいたでしょうか。とにかく皆上か下に兄弟がいる子供ばかりでした。

厄介なのは学校の役員です。子供の入学は本当におめでたいことですが、保護者の頭を悩ませるのが役員決めでした。

私が住んでいた地区では、必ず一度は学校の役員をやることが暗黙の了解で、兄弟がいるご家庭では、子供のいずれかで一度やれば良いとされていました。また学校とも長い付き合いのお母さんもいて、裏事情に精通していてやたら詳しい方も多くいらっしゃいました。

小学校の六年間の中で、皆さんできれば低学年で役員をやりたいと思っています。

それは、高学年になるにつれて全体の長になったり、学校へ出向く回数も多くなったりするからです。

とにかく一度はやらねば……それも低学年でやらねば……フルタイムで仕事をしていた私は、とにかく第一学年でやろうと心に決め、小学校での役員決めで率先して手を挙げ、なんとか一年時のクラス会長に。

まあそれでも一年目ですし、「何もわかりませんー」で終わった気がします。

そして中学入学で、またもや重くのしかかる役員決め。やはり、どうせやらなければならないならと一年時に手を挙げ、副会長を狙ったつもりが、じゃんけんに弱くクラス会長に。

何かやりたがりみたいですよね……。

結局やらないで済むお母さんもいて若干不公平ですが、子供の学校に絡む経験もまあああまりないので、今ではよかったかもしれないと思っています。

給食センター見学や、先生を交えた会議への出席。でも実は私、娘の幼稚園でもやっていたのです、クラス会長。

まあ一人っ子だからこそ、母親が目立たないといけないですもんね。

25　これまでの人生でやればよかったと後悔していること

私って本当に決断力がなく、特に若い頃は一歩踏み出す勇気がとことんない人間でした。今もそうですけど……（笑）。

そんな私が、実は今でも勇気を出してやってみればよかったと、後悔していることが二つあります。

その一つは「ホームステイ」。高校生の頃、通っていた高校はカトリックの学校で、英語学習に力を入れていました。海外にも姉妹校があったのか、海外留学制度もありました。もちろん私にはそんな実力はないですが、うらやましく思っていたことを思い出します。今では割と普通に体験できる短期留学、英語力向上だけを目的としていない、海外経験のためのホームステイなども、利用者が増えています。

専門学校の時にも、夏休みを利用した今でいうインターンシップのようなプログラムがありました。海外の営業所でのアルバイトのような感じですかね？　確かグアムかサイパンだったと思います。

私は仕送りをしてもらっていた地方学生でしたから、夏休みは地元の旅行会社でアルバイトに明け暮れていましたが、正直うらやましかったです。

学生生活は二年間で、学費や生活費は親からの仕送りで賄えたので、あまり積極的にアルバイトをしなかったですし、その後も海外ホームステイのチャンスはありませんでした。一度は経験してみたかったなー。勇気を出して、また努力をしてみればよかったなーとずっと心に引っかかっています。

ただ、娘が、大学三年時アメリカに七カ月留学をしました。母の夢を、娘が叶えてくれたようでとても嬉しかったです。嬉しすぎて、娘がアメリカにいる間に会いに行ってしまったくらいですから（笑）。

もう一つ後悔していることは、「ジャズダンスの教室に通いたかった」。これは、今からでもできるかなー？　いや、もう体が厳しいだろう（笑）。

私は一九六三年生まれで、ちょうどバブル期に二十代を過ごしました。東京で一人暮らしをしている時がいわゆるディスコ最盛期で、洋楽にハマり、友達と新宿に繰り出し、朝まで……はオーバーですが、フィーバーしていました（笑）。

結構踊ることが好きだった私は、ジャズダンスに通いたいとずっと思っていました。でも就職して五年目に結婚。その後も出産・退職・子育て、それに仕事と、忙しい二十代、三十代を過ごしてきました。また、近くに通いたい教室もなかったこともあり（いや、地元の町主催の教室はあったのですが、それはちょっと……とわがままだったのですね）、習う機会がありませんでした。

でも娘が子供の頃、義母と町のエアロビクス教室に通っていましたから、ジャズダンスとはちょっと違いますが、これも娘が叶えてくれた感じかもしれません。

やりたいのにやってこなかったのは、すべては私の勇気のなさと、人の目を気にする性格が邪魔をした結果かもしれないです。

チャンスは自分で見つけるものだよと、もう一人の自分も言っています。

26　娘の留学先に行っちゃう⁉

娘は大学三年の時に、七カ月間アメリカに語学留学しました。私がしたくてもできなかった留学、娘が行った先はボストン近くの大学で、滞在は寮生活でした。

八月終わりに渡米して三月末までの約七カ月間。ほかに三名ほどの学生と一緒でした。

あの頃はすでにスカイプ（オンライン通話）があったので、日本に居ながらにして、ボストンにいる娘と顔を合わせて話をすることができました。そんな便利なツールがあるにもかかわらず、ほら私、旅行会社にいますから、パンフレットを見ているうちに、娘の留学先に行くことを計画してしまったのです。とはいっても、アメリカでの娘の生活や、どんなところで学んでいるのかが気になったわけではなく、私自身アメリカ本土には行ったことがなく、普通に旅行に行きたかったのですねー、娘の留学を口実に……。

ボストンではなく、ニューヨークで落ち合って観光してこようと、クリスマス前の十二月二十一日から八日間の予定で出発しました。飛行機とホテルをそれぞれ取り、観光はオプショナルツアーを入れて、初めてのニューヨークを満喫しようと考えました。

今回は個人旅行でしたから、NYCのジョン・F・ケネディ国際空港に到着後、迎えは付いていませんでした。日本から乗り合い送迎車を予約し、到着ロビーで待っていましたが、待てど暮らせどそれらしきドライバーが現れません。

一人で心細くなりながらも、キョロキョロあたりを見回し、二時間近く待ったでしょうか？

「あんたは○○か？」と聞かれたような？

そうだと答えるとワゴン車に案内され、ようやく市内へと向かいました。

言っておきますが、私、英語は話せません。

ホテルはセントラルパークにほど近い「ヒルトンニューヨーク」。オプショナルツアーの発着ホテルだったことと、日本人の利用が多かったことでここに決めました。娘はボストンから安いバスに乗ってニューヨークまで。途中ハイウェイで事故か何かあり多少遅れましたが、無事にホテルで再会できました。

滞在中はバスで市内観光をしたり、近くのメトロポリタン美術館、ニューヨーク近代美術館（ＭｏＭＡ）を鑑賞したり、セントラルパークも散歩しました。

それから、いい機会なのでオプショナルツアーでナイアガラの滝も見てきました。飛行機利用で片道約二時間、アメリカ側の滝の玄関口バッファローに到着。バスでナイアガラの滝の観光と裏側の観光、滝が見えるレストランでの昼食、トータル十五時間のツアーです。夏であれば遊覧船に乗って流れ落ちる滝の近くまで行けるのですが、冬はその代わりに滝の裏側観光となります。

朝早く、そして夜遅くに戻るのでとても大変ですが、せっかくニューヨークに行ったのなら、ぜひ行っていただきたいお勧めのオプションです。ただものすごく寒くて、娘は現地で風邪をひいて帰ってきました。

また、ニューヨークといえばミュージカル。本場のブロードウェイで、ぜひ観劇をお勧めします。私たちも、ニューヨーク滞在最終日の十二月二十六日に行ってきました。

劇場付近のプレイガイドでは安くチケットが手に入りますが、そこは限られた滞在時間の私たち、確実に見たい演目を日本から前もって予約していきました。英語がわからなくても楽しめる「ライオンキング」。さすが本場は違います、劇場もとっても素敵でした。

始まる前から雪が降ってはいたのですが、公演終了後外に出てびっくり！　なんと二十センチ以上は積もっていたでしょうか。あちこちで車が立ち往生、ブロードウェイからタクシーで帰ろうと乗ったはいいが雪で動かない。挙げ句の果てに途中で娘と二人でその車を押すことに。雪はみるみるうちに積もっていき、「明日、飛行機大丈夫かな?」と心配しながら最後の夜を過ごしました。

翌日、このアメリカ北東部の記録的なクリスマス寒波は非常事態宣言が出たほどでした。とにかく飛行機の運行状況が心配で、あちこちに電話をかけまくりました。それでもツアーではないので誰にも頼れません。航空会社のHPでは利用便は欠航予定とありましたが、空港へ行って、欠航なら次の日の振替便の手続きもしないと……。英語が話せれば電話で済むでしょうし、今の時代ならネットでも手続きができるのでしょうが、とりあえず状況がわからなかったのと、空港へ行ってもどうなるか不安でしたが、すべての荷物をいったん持って空港へ向かいました。

娘はバスが運休とのことで、もう一日ホテルを延泊して、そこでお別れとなりました。空港までは予約した乗り合い送迎車に乗り、とりあえず空港カウンターで欠航を確認して、次の便に振り替えてもらわないと。

そこには同じように、次の便に振り替えてもらっている若い日本人の男の子がいました。思い切って声をかけ、英語ができるようなので、通訳をお願いし、いろいろ教えてもらいながら手続きがやっと完了。

(これで娘のいるホテルに戻ろう、会社にも連絡して休みをもらわないといけないし……)

そんなこんなで、もう一日ニューヨークに滞在することになりました。

さてホテルまではもうタクシーしかないなー、と思っていたら、先ほどの日本人の男の子も市内に戻る様子。「もしよければタクシーに一緒に乗っていかない？」と声をかけたら喜んでくれ、早速乗車。

どうせ市内までの交通費も、海外旅行保険でカバーできることを確認したからね、一人も二人も同じこと。それなら明日も市内から一緒にタクシーに乗せてほしいと言われ、OKと快諾。

留学を終えて日本に帰るところだった彼、夜は友人のところに泊まることにしたようで、翌日ホテルまで来てもらうことにして別れました。彼にすればラッキーだし、私にすれば英語がわからなかったところ、航空会社に交渉してくれて、交通費は保険でカバーできるわけだからちょうどよかったね。

ホテルに戻ったら、娘はびっくりしていました。でも最後の夜は、同じく食事も保険でカバーできるので、豪華に日本食にしました。

旅にハプニングはつきものですが、やっぱり私に個人旅行は厳しいわー。今まではツアーばかりだったので正直心細かったのですが、ジェイアイ傷害火災保険の現地スタッフと、偶然出会った日本人の男の子にはホント助けていただいて感謝しています。

そんなわけで予定より一日遅れでなんとか日本に戻ってきました。

今振り返ってみると、子供の留学先に観光で会いに行くなんて、しかもそこまで長くない七カ月間の滞在中に行くなんて、私ぐらいなものなのかしら？

クリスマスのニューヨークはとてもロマンチックだったけど、寒くて寒くて、正直冬に行くところじゃないなとも思いました。それにまさかクリスマス大寒波に遭遇するなんて、想像もしていませんでした。

それでも、娘と今でも時々話しますが、案外楽しかったなと思っています。

27 同窓会を開催しました

皆さんは同級会ってやっていますか？

懐かしい顔ぶれに会える機会って、とても貴重ですよね。

小中高といずれもやっていますか？

卒業して月日が経つと、集まるのもなかなか難しいですよね。

それほど人数は集まりませんが、私も中学校は何度か同級会（クラス会）がありました。

でも、でもですよ！　同級会だとそのクラスしか集まらないじゃないですか。私は他のクラスも一緒に集まりたいと思ったわけです。

私の中学はあの時代、全部で十クラスのいわゆるマンモス校で、私は四組でした。あの頃の私は引っ込み思案だったにもかかわらず、他のクラスに気になる男の子がいました。しかも四つのクラスに（すなわち四人も）！

ずっとあの子たちは今頃どうしているかなー、会ってみたいなあと思っていたのです。……他意はありませんよ（笑）。ただ、憧れていた子がどんな大人になっているか、気になるじゃないですか。でも、他のクラスとの合同の同級会なんて現実的には無理だし、その四クラスに特に親しい友人もいないし……と半ば諦めていました。

ところが、忘れもしない四十八歳の秋、なんと私の願いが叶うチャンスが訪れたのでした。

二つ上の姉から「今年五十歳の節目で、同窓会やることになったんだよ」と聞いたのです。

同窓会……そっか！　その手があったか。

学年の同窓会を開催し、全員が集まれる機会を作ればいいんだ。そうしたら不自然ではなく、四人の男の子にも会えるかもしれないわけだ。なんと無謀なことを考えたのでしょう（笑）。

とりあえずは姉を通じて、姉の時の同窓会幹事さんたちの、開催ノウハウのマニュアルを借り、仲の良かった同級生に相談したところ、それなら小学校の同級会を開いたらどうか？　どうせ中学でバラバラのクラスに散らばるから、そこで各クラスに協力者をつくれるかもしれないし……ということで、翌年の夏にさっそく小学校の同級会を開催しました。

四十九歳でした。

私、会社での添乗経験はないのですが、もともと幹事気質のようで、そういうこと嫌いじゃないのです（笑）。

小学校の同級会も久しぶりの開催で、先生にもおいでいただき楽しい会になりました。さっそく出席者に主旨を説明し、もちろん私が当時四つのクラスに好きな人がいて……なんて話しませんよ。

「二つ上の姉の学年が、ちょうど五十歳の節目に盛大に同窓会を開催したの。いろいろ教えてもらってノウハウはバッチリだから、私たちの学年もやってみない？」

と、さりげなく言ってみたのです。

すると、皆すぐ食いついてくれて、年内には各クラスの幹事さんが決まり、さっそく年明けに第一回目の幹事会、その後何度か会合を開き、晴れて十一月三日文化の日に五十歳記念同窓会が、出席者約百三十人で盛大に開催されました。

出欠ハガキにそれぞれコメントを書いてもらい、それを集めて簡単なパンフレットを作成して当日配ったり、あの頃の写真を持ち寄り、スライドを作って当日上映もしました。

先生方や多くの出席者の方々にもすごく好評で、開催をとても喜んでいただき、発起人として本当に嬉しかった記憶があります。

きっかけは不純な動機からでしたが、我ながら良くやったなーと思いました。

え？　結局その四人の男の子たちには会えたのかって？

気になっていた四人の男子のうち、参加してくれたのは二人だけでした。

一人は出席予定でしたが都合で直前キャンセル、もう一人は連絡先不明とのことでした。

ホントに残念（笑）。

今五十八歳ですから、もう八年前なんですねー。その時に、次回は五年後僕がやります
と、確か三学年の時の生徒会長が言ってくれたような……でも今のところは何の音沙汰も
……。

まあそんなもんですよ、やっぱり開催するのは大変ですから。

私だってもうやりませんし（笑）。

28 「あずさ2号」

私は今歯医者に通っています。何十年ぶりかで虫歯が痛くなりました。

ところで、治療時に座るユニットと呼ばれる椅子、皆さんはここに座って口を開ける時、

目を瞑りますか？　開けていますか？

だって目の前には先生の顔がありますから、そのまま開けておくこともできないし、私はもちろん目を瞑って口を開けます。

けっこうこの状態が、いつもマヌケな気がしています。

そうやって、目を瞑って治療を受けていたある日、診察室でかかっていたラジオから、懐かしい曲が聞こえてきました。

狩人が歌う「あずさ2号」です。何十年ぶりかで聞き、それで思い出しました。

中学生の時にこの歌が流行り、同じクラスだった友人とこの「あずさ2号」で、おそらくのど自慢大会だったと思うのですが、その地区予選に出た記憶があります。たぶん私が狩人の弟が歌う高音パート、友人が兄が歌う低音パートだったような……。

のど自慢というと、日曜昼の、あの番組しかないですけど（笑）。なぜこの二人だったのか？　なぜ狩人だったのか？　詳しいことはまったく覚えていませんが、それでも二人で、一生懸命練習をした覚えがあります。

結果はもちろん鐘一つでしたよ、……たぶん。

マヌケな姿で、そんなことを思い出した、ある日の歯科治療でした。

29　友人たちとの恒例旅行

私、友人はそう多くないほうですが、専門学校時代の友人たちとは、今でも年一回旅行をしています。

十八歳で出会い、二年間だけ一緒に過ごした仲間と、約四十年間交流が続いていることになります。

私たちは観光専門学校を卒業しましたから、全員大の旅行好き。在学中も一緒に旅行をしていましたが、卒業後もしばらく続き、恐らく三十代半ばから年一回の旅行がスタートしたような気がします。

年一回集まって、一泊の旅行を楽しんでいます。

初めはそれぞれ子供を連れて集まっていましたが、今は大人だけ。福島から東京から、埼玉から、福岡から、金沢から、そして長野から私が参加しています。

毎年場所を変えていますが、今まで行ったところは、越後湯沢、山代温泉、長良川温泉、東京都内、野沢温泉、別所温泉、軽井沢その他にもまだたくさん出掛けています。

一時は行きやすさで、越後湯沢付近に何年も続けて出掛けていましたが、その後北陸新幹線が開通してからは、私の住んでいる長野県で集まる機会が多くなりました。

特にどこを観光するというわけではなく、ただ集まって話をして温泉に入り、美味しいものを食べる。それが、年に一度の楽しみになっています。

子育てが終わり、いよいよ親の介護が目下の話題。でも一年ぶりに会うのですから、話題は尽きません。

昨年はコロナの影響で、軽井沢の予定が中止となってしまいました。本当にコロナのせいでたくさんの楽しみが奪われた年でした。

今はＬＩＮＥで繋がっているとはいえ、今年は皆に会えるといいな。

30　年齢と共に老いていく体

私は基本、健康です。若い時から病院とは縁がなく、出産前後で入院の経験はありましたが、それ以外は本当に病気一つしない健康体でした。風邪もめったに、いや何年ぶりかでひく程度で熱もほとんど出ません。節々が痛いなーと感じたら市販の薬でわりとすぐ治り、学校・会社を休むことはほとんどありませんでした。会社の健康診断・人間ドックも毎年「問題ありません」の優等生です。同級生は早くから血圧の薬を飲んでいると聞いているのに、私は常に正常値。白髪が早く始まった以外は（笑）本当に健康な体でした。

その神話が音を立てて崩れたのが四十代半ば。お酒の項でも触れましたが、酔っぱらって転ぶことが多くなり、そのたびにあちこちにあざができました。

また四十八歳の時だったでしょうか？　会社で転んで、骨折をしてしまいました。この時はもちろんしらふです（笑）。通路に置いてあった物に躓《つまず》いたとはいえ、不意に突いた手首とひじにひびが入りました。終業後の、まだ人がいる前で転んでしまったので、しかも「ゴーン」と鈍い音をたてて頭も打ちましたので、まずは恥ずかしい思いが先に立ち、周りの人の心配をよそに「大丈夫でーす」と慌てて帰りました。

家に着いてからもそれほど痛みはなく、シップを張って寝たのですが、起きてびっくり！「腫れてる……」。右腕から右手首がものすごく腫れていて、慌てて近くの病院へ。レントゲンを撮り、ひびが入っていることがわかり、紹介状を書いてもらい大きな病院へ。全治一カ月でした。つらかったですねー、ギプス。

冬でしたから、お風呂に入るのも大変でしたし、骨折したのが利き手でしたから箸も持てず、左手を使おうとしても、思うように使えませんでした。洋服を着るのも一苦労でしたし、もちろん車を運転することもできませんからバス通勤。もちろん酒も控えることにしました……これが一番つらかったのかもしれません。社内でしたからもちろん労災扱いでしたが、転んだだけで骨折する年になったのかと、それが一番ショックでした。

また腰や肩、背中や膝にも、この頃から一気に痛みが来ました。

腰は、坐骨神経痛やぎっくり腰で整形外科のお世話になることもしばしば。会社でパソコンと向き合う時間が長いせいか、肩と背中は慢性的にガチガチ。姿勢が悪いせいだと言われ、坐骨神経痛の時に初めて整体にも通ってみました。

また、これはストレスが原因かもしれないですが、突然視界に虹色のギザギザ模様が見え、その向こうがまったく見えなくなる「閃輝暗点《せんきあんてん》」にもなりました。短くて十五分、長いと四十分ほども症状が続きます。出るタイミングは不明ですが、一時期は家でも会社でも、所かまわずに突然症状が現れました。

そう考えると、母は本当に元気だったなとつくづく思います。でも、私の骨折の翌年に母も雪道で転び、同じく右手を骨折したのですけどね（笑）。それでもその時以外、母は若い時の私の上を行く健康体でした。

今後私の体はますます衰えていくのでしょうね。心してかからないと大変なことになりますね。

余談ですが、今住んでいる家は標高約五百メートルのところにあります。地形的に高いところで、家を一歩出ると上りか下りしかありません（笑）。

会社で飲み会がある時は車を置いて、歩きとバスでの通勤になるのですが、それがまた大変なんです！

地形をうまく説明できないので伝わりにくいかと思いますが、まずは家から歩いて標高約四百メートルのバス停まで、ものすごい坂を一気に下ります。この間約十五分。そこからバスに乗って標高四十メートル分ほどを下り、会社へ。百メートル分を十五分で歩いて下るってすごくないですか？　イメージとすると、箱根駅伝の六区のような感じでしょうか。でも、下りがこれほど膝に負担がかかるとは思いませんでした。

また以前、この下りを歩いている時にぎっくり腰をやったせいで、腰も大事にして下っていかないと……。もう膝を守るか腰を守るかの二つに一つ、飲み会の時はこんな命がけで通勤をしています。……どれだけ飲みたいんかって話ですよね（笑）。

帰りはどうするのかって？

タクシーも結構な金額しますから、姉に頼んで迎えに来てもらっています。酒好きなのに、本当に飲みに行きづらいところに住んでますよ、私。

31　コロナのせいでダイエット⁉

新型コロナの影響はこんなところにも。

会社の休業が増え、家にいる時間が多くなってから、コロナ太りが始まりました。動かないし、家にいますから常に食べることができてしまう。

ホットケーキミックスが品切れの時期、ありましたよね。その時ちょうど私も家でお菓子を作っていたのです。ネットで検索してバウムクーヘンや、源氏パイを夢中で手作りしていました。それが結構上手にできるのです。美味しいのです。しかも、自分で作れる喜びで何度も作って食べていました。恐ろしいことに、どれもかなりの量の砂糖を使っていますから、どんどん体重が増えて、まさに間違いなくコロナ太り！

とにかくこれではダメ、人生最高の体重に迫ると危機感を覚え、昨年の四月下旬から、ウォーキングを始めてみることにしました。高齢になった母が以前住んでいた場所で、よく散歩をしていましたが、まさか私もこの年で散歩、いやウォーキングするようになるなんて……。

住んでいる地区は基本山ですが、近くに歩くにはちょうどいいルートがあるのです。少し上がると公園もありますし、百五十段の階段を上がると神社があり、また少し下りると納骨堂があり、散歩道には綺麗な花が咲いています。二十分から場合によっては四十分くらいのコースになるのです。初めは時間よりも一日六千歩を目標に歩いていましたが、これが案外難しい。私は歩幅が大きく、スマホの機能で計算していますが、なかなか目標達成が困難です。

開始時は午後スタートでしたが、暑い季節になってからは朝七時に起き、マスクをして七時十五分から歩き始め、八時前に戻って朝食というルーティンを九月初めまで続けていました。会社に行く日は無理なので、休みの日限定です。その後出勤日が増えてきたこともあり、毎日というわけにはいかなくなりましたが、時間のある時は歩いていました。

でも、でもですよー、ウォーキングだけでは体重は落ちません。どちらかというと、健康のためにと思ってやっていた感じですね。

寒くなり、雪が降る季節になってからは歩いていないです。何でかって？　ここは坂道だらけ、滑って転ぶ心配があるからです……。ちなみに私、雪のない時期のウォーキング途中にも、転んだことがあるのですから（笑）。

もう一つコロナ禍でやっていたことは、ストレッチ動画を見て一緒にやること。私が、インスタをフォローしているダンサーさんで「Ｋｅｉｍｅｉ」さんという方がいます。諏訪のご出身で、すごく明るく面白い方ですが、私の推しのコンサートで、バックダンサーもされていた有名な方です。その方が、昨年の五月の連休前後に外出ができなくなりコロナ太りになってきた方を対象にしたわけではありませんでしたが（笑）、画面の向こうで一緒にストレッチをやってくれました。確か毎日一時間くらいでしたでしょうか？　リードしていただけると、非常にやりやすいですよね。その頃、緊急事態宣言でダンススタジオを閉めていらっしゃったとかで、空いている時間に動画配信をやってくださっていました。

あとは竹脇まりなさんの動画。何気なしに検索していたら、「おかんと踊ろう」という文字が目に留まりました。まりなさん三十歳、お母様が五十九歳、親子で踊っている動画です。

うちも当時私が五十七歳で娘が三十歳でしたから、何か親近感がわいたのと、同年代の方の振り付けですから、あまり無理がないのでは？　と始めたのですが、いえいえ、ふうふう言いながらやっています。なかなか毎日というわけにはいきませんが、七セット約三十分気持ちよく踊っています。

しかしながら、習慣になっていないせいか、結果痩せることはできておらず、コロナ前より三キロほど増加したまま……。

いったいどうしたらいいのでしょうか？

32　コロナ禍で始めたウォーキング

ウォーキングを始めるまでは毎日家と会社の往復のみ、しかも車で。家の周りを歩くことなど一度もありませんでした。

前にも述べましたが、ちょうど近くに大きな公園や神社がありますし、近くの納骨堂には散歩道がありますす。家が山の上でしたから、散策ルートは周りにたくさんありました。

まずは午後三時頃歩き始めました。途中に自分自身で決めたチェックポイントを置き、そこでは、新型コロナが早く収まるよう手を合わせて願いごとをし、一日六千歩を目標に歩くことにしました。四月とはいえまだ肌寒い時期でしたが、坂道で負荷もかかるし、神社までの階段が片道百五十段もありますが、マスクをしてのんびり景色を見ながら歩きました。

家をスタートして、まずは近くの慰霊碑で手を合わせます。そして少し上って〝見晴台〟（勝手に名付けた場所）で深呼吸。お天気が良いと、長野市内が一望できますので、長野オリンピックで使用した施設を確認するのが日課です。ビッグハット、ホワイトリンク、Mウェーブ、アクアウィングの四施設。

そして、公園の上り口を曲がって山に入ります。松ぼっくりが落ち、山野草がものすごい勢いで生えている道で、ここで決まって同じく散歩するおじさんに出会い、挨拶をしてから神社の参道へ。

春には綺麗に咲き誇る桜並木を通りながら、さあ神社まで階段を上りましょう。

途中決まって八十一段目で休憩し、呼吸を整えたら神社はもうすぐ。手を合わせて、丁寧にお参りをしてから来た道を下ります。

そしてそのまま道なりに下り納骨堂へ。ここもチェックポイントの一つで、本堂の前で

〝見晴台〟からの眺め

春の桜並木

聖火を持っている!?　木の根っこ

手を合わせます。階段の右に小さな木の根っこがあり、それがまるで、聖火を持っている人に見えてしまうのは私だけでしょうか？　といっても誰もわからないですよね（笑）。お参りが済んだら散歩道を下りましょう。

小道を歩いて納骨堂駐車場に出ます。ここは四季折々の花々がとても綺麗に咲いており、歩き始めた頃の色とりどりのチューリップから始まり、アジサイ、バラ、ユリと本当に綺麗で歩く楽しみでもあります。散歩道の終わりに開けたスペースがあり、そこで景色を眺めながら深呼吸をして、家まで坂を上がります。

体調が良い時や目標の六千歩にぜんぜん届かないぞ、まずいぞといった時は、ここから少し下り、料亭の脇の小道を抜け、遠回りのルートで帰ります。

ここはリンゴの小道と名付けましたが、リンゴ畑の脇を上っていきます。かなりの傾斜がある坂なので、体調に合わせ、気分に合わせて通ります。

フルで回って約四十分、リンゴの小道を行かないと約三十分。ＧＷ明けからは、午後の時間帯が暑くなったため歩く時間を朝七時すぎからに変更して、九月まで、それこそ休みの日は毎日歩いていました。

体重には残念ながら変化はありませんでしたが、三日坊主、いや、いつも二日ももたない私がほぼ毎日歩いていて、隣に住んでいる姉が驚いていたほどでした。

本当に取りつかれたように六千歩、六千歩とせっせと歩いていました。歩いている時はいろいろ考えることができて、気分転換にもなりましたし、健康的なことをやっている自負もあり、体と心にいい効果をもたらしていたと思います。

春になったらぜひまた再開したいです。

33　この私が家庭菜園⁉

二〇二〇年に感染が広まった新型コロナ。四月に出た緊急事態宣言で、私の会社もしばらく休業となりました。

ただ突然のことだったため、知らないお客様のために、短時間の電話営業のみで、出勤は毎日一人から二人、また、その後も会社は国からの雇用調整助成金の補助を受けていましたから、月の約三分の二ほどが休みという異常事態でした。

急に時間ができてしまった私は、家の駐車場の整備が終わったタイミングで、花壇の整備を始めました。庭いじりに興味がなく、母親任せだった私が花壇造り……周りの人は皆驚き、笑っていました。

まずインターネットで「花壇」を検索し、自分の家に合った形をイメージし、ホームセンターでブロックや花の苗を購入し、可愛くしたいと花壇の小物を百均で探し……人は変わるものですねー。前の家では母が好きでやっていましたが、私はまったく興味がなく、虫嫌いも手伝って、庭には一歩も足を踏み入れたことなどありませんでしたし、花の名前すら知りませんでした。

時間ができたとはいえ、あまりの自分の変貌ぶりに、驚くやら恥ずかしいやら。

それでも立派な花壇ができました。そうなってくると目に付くのが庭の雑草……この私が、土をいじったことなどなかったこの私が、庭の草取りをしている……。

そうなんです、別にやりたかないんですけどね、私がやらないとやる人がいないのです。一日中、楽しんで草取りをしていた母はもういませんし、やらないと庭中すごいことになります。

仕方なく理由をつけてやっていたものの、軍手を買いに行ったホームセンターで、次に目に付いたのは出始めた野菜の苗。それこそ、せっせと家庭菜園をやっていた母を小馬鹿にしていたのに、まさか自分が喜んでやるようになるなんて……。

実はその前の年、庭の空いたスペースに見よう見まねでミニトマトを作っていました。生まれて初めてでしたが、思いのほかたくさんできました（放っておいてもたくさんなりますからね）。

ただ、植えた四株がジャングルのように密集し、大変なことになってしまいました。その反省を生かし、今回はきちんと間隔を空けて植えてみました。

また、他に初心者に優しい野菜はないかと探した結果、キュウリ、トマト（ミニと普通サイズ）、オクラ、シソ、ピーマン、パプリカ、枝豆、唐辛子、ネギ、そしてなんとなんとミニスイカまでも。

完全に私、農家です。いや農婦（そんな言葉はないのかな）？

もちろん新たに場所を耕して、畑を作ってからたくさんの野菜を植えました。毎朝の水やりが日課となり、肥料を与え、芽摘みをし、その合間に草取り……庭は結構広いんです。知らない花や木が、そこら中に植わっているんです。

母が生きていたら、それこそ腰を抜かしてしまうんじゃないかと思うほど、そこには一生懸命草取りをする私がいました。

頑張ったおかげで、キュウリの収穫は半端なく、隣の義兄に教えてもらった「三五八《さごはち》（麹漬けの床）」に漬け、美味しく頂きました。トマトは今一つでしたが、オクラは地道に育ってくれましたし、枝豆もピーマンも唐辛子もたくさん収穫できました。

気になるミニスイカですが、そこら中に蔓《つる》が這ってしまい大変でしたが、合計五つほど実がなり、美味しく頂きました。

何度も言いますがこの私が、庭に足を踏み入れたことのなかった私が、今では家庭菜園のとりこです。もう次の年の農作物や畑の構想も練っていますから、恐ろしいわ。

34　根っからの辛い物好き

辛い物好きな方は結構多いですよねー。私も無類の辛い物好き。韓国を好きになる前から、辛いの平気、もっと辛くもっと辛くの志向です。

辛いものと一口に言ってもいろいろありますが、私は基本、辛いものなら何でも好きです。カラシ・ワサビ・七味・コショウ・タバスコ・生姜・コチュジャン……一番好きなのは何だろう?

カレーの大辛は当たり前、お寿司を食べる時には、サビ入りでも必ず醤油にはワサビを入れたっぷりつけて食べます。

七味はお味噌汁にもかけて食べますし、長野県には、有名な「八幡屋礒五郎の七味唐辛子」というものがあり、その中の一番辛い「バードアイ」が好みです。

またラーメンには必ずコショウ、パスタには必ずタバスコ、うどんには七味と、入れる量も半端ないです。

ですからこれらの調味料は、すぐなくなってしまうほど。生姜も大好きで、漬物・スープなど料理には欠かせないです。

また韓国でしているように、青唐辛子に味噌をつけてそのまま食べるのも好きです。たまに口の中が腫れるほどの辛さのものもあり、さすがにそれは食べられませんが、辛くないと何か物足りない。あえて口の中をヒリヒリさせながら食べたい感じなのです。

昨年、家庭菜園でたくさんの唐辛子を収穫しましたから、今年もどんどん食べたいと思います。

35 ハマった洋楽

中学生の頃、洋楽にハマっていました。日本の、いわゆるアイドルにそこまで興味がなかった私は、たまたまＮＨＫで見た「ベイ・シティ・ローラーズ」に生まれて初めてハマりました。ご存じの方いらっしゃいますか？　ＢＣＲと言われていました。イギリススコットランドはエジンバラ出身のポップロックバンドＢＣＲが初めて来日したのが一九七六年十二月。日本武道館で来日公演が行われました。

その時の特集がＮＨＫで放送されたのを偶然見た私は、来日直前に加入したギター担当のパット・マッグリンに一目惚れしたのです。ご存じない方は、一度ぜひググってみてください。あの頃のパットの可愛さ、尋常じゃなかったですから。

今は懐かしい「ヤング・ミュージック・ショー」や「ベストヒットＵＳＡ」という番組

で取り上げてくれ、音楽雑誌も買いあさりました。もちろん中学生でしたから、コンサートに行くなどもってのほか。お小遣いをためて、雑誌やレコードをコツコツ買い集めていました。同級生に、同じＢＣＲのエリックのファンの子がいて、二人で盛り上がっていたことを思い出します。

それでも地元の市民会館でＢＣＲのフィルムコンサートがあり（正しくは、クィーンのフィルムコンサートの前座としてＢＣＲのコンサート映像が流された）、当時ＢＣＲのトレードマークだったタータンチェックのスタイルで、友人と見に行ったのです。姉が私のハマり具合を見て、ジーンズの裾に、チェック生地を縫い付けてくれたのです。

あの頃、ＢＣＲは本当に人気がありました。その後高校でも、友人がレスリーのファンでした。

この原稿を書いたあと、二〇二一年四月二十日に悲報が飛び込んできました。元ＢＣＲのリードヴォーカル、レスリー・マッコーエンさんが急死したというニュース。死因は不明ですが、六十五歳というまだまだこれからという年齢でした。

ご冥福をお祈り申し上げます。

話を続けましょう。

そんなこともあり、高校を卒業し東京での専門学校二年間は洋楽一筋でした。ディスコ最盛期でもありましたし、いわゆる七〇年代、八〇年代のポップスは、今でも最強だと思っています。

それこそクィーンにABBA、ボストンにスティックス、ビージーズにエルトン・ジョン、ビリー・ジョエルにミッシェル・ポルナレフ、TOTO、マイケル・ジャクソン、ポリス、シカゴ、言い出したらきりがありません。

とにかくラジオから流れるポップスが、私の二年間の東京生活を支えてくれました。その頃、少しだけ焼肉屋と居酒屋でDJのアルバイトをしていたのですが、DJといっても決まったことをしゃべり、自分の好みの曲をかけるだけの仕事でしたが、大好きなポップスばかりかけていたのを思い出しました。

あの頃はまだカセットテープでしたが、ラジオから録音したものを長野に帰ってからも、娘が生まれてからも車でよく流していましたから、娘は一九九〇年生まれですが、八〇年代の音楽にそれはそれは詳しいですよ。

36　昔私が好きだったもの

私は中学生の頃、テニス部でした。運動神経が良いわけじゃないのに、なぜテニス部に入ったのかといいますと、間違いなくマンガ「エースをねらえ！」の影響でした。ご存じですか？　当時とても流行りましたし、テレビアニメとしても放映されていました。部活のほうは全然ダメで、顧問の先生が厳しくて、よく「校庭一周行ってこい！」と言われ、走らされていた気がします。

部活の話はさておき、とにかく「エースをねらえ！」が大好きでした。全巻買って持っています。今でも行き詰まった時、やる気のない時に読み返すと本当に力が出ますし、そのたびに感動します。宗像《むなかた》コーチが亡くなってからの、岡ひろみの頑張る姿が特に好きでした。

とにかく私運動は苦手、でも見るのは大好きなんです。昔から高校野球、プロ野球、高校バレー、実業団バレー、駅伝、サッカーなどなど。高校野球は、古い話で恐縮ですが、バンビくんとかも知っています（「古すぎてわからないー」という世間一般の声が聞こえます……）。

あとは愛甲君の時代ですかね。地元から日ハムに入った松商学園の上田君とかもかな？

プロ野球は、父が根っからのジャイアンツファンで、巨人しか知りませんでした。残念なことに、見なくなってからもうずいぶん経ってしまいましたので、今の球団の顔ぶれはまったくわかりません（笑）。ちなみに娘は阪神ファンです。

高校バレーも好きでしたね。これまた古い話で恐縮ですが（笑）、藤沢商業高校出身の古川靖志くんが好きでした。実業団では、今は廃部となってしまった日本鋼管や富士フイルム、松下電器（現パナソニック・パンサーズ）を応援していました。東京に出ていた時に、代々木体育館に見に行った記憶があります。

駅伝も大好きで、年明けの箱根駅伝や元旦のニューイヤー駅伝も毎年必ず見ています。頑張る姿が何とも言えないですし、襷《たすき》をつないで皆でゴールする、一人ひとりのチームを思いやる姿にいつも感動しています。長野県の佐久長聖高校から優秀な駅伝選手が毎年たくさん輩出されていますので、出身校を見るのも楽しみになっています。個人的には東洋大学出身で現トヨタ自動車所属の服部勇馬選手に期待しています。

サッカーは、全然興味がなかったのに、日韓ワールドカップで韓国チームのアン・ジョンファン選手に惹かれ、その後、彼が日本のリーグで活躍したことで、彼が在籍していた間だけ、清水エスパルスと横浜Ｆマリノスの試合も見に行きました。それがきっかけとなり、急に一時期サッカーが大好きになり、よくテレビで試合を見ていましたが、今は全然、まったくです（笑）。

もともと私はスポーツを見ることが好きで、オリンピックも大好きでした。ちょうど中学生の時に、カナダのモントリオールでオリンピックが開催されました。子供ながらに感激したことを覚えています。特に体操のコマネチ選手が10点満点を出した大会で、目が釘付けでした。夏休みの研究として、新聞のオリンピック記事をスクラップして提出した気がします。……宿題、果たしてそんなのでよかったのか？　今思うと不思議ですが。

私の地元でも、一九九八年長野冬季オリンピックが開催されました。すでに仕事していた時で、シャトルバスチケットの販売をしていたなー。娘も学校単位で競技を見に行っていたし、私も娘と姉家族とスピードスケートとショートトラックを見に行きました。

長野市全体がお祭りムードで、駅前ではピンバッジを交換する人たちがたくさんいて、特にジャンプ競技など日本選手の活躍を大勢の方々が応援していたことを、今でもはっきりと覚えています。

スポーツの良さは、やっぱりあの筋書きのないドラマなのでしょうね。勝負にかける思いとか、努力してきたことが遺憾なく発揮されて、夢が叶った瞬間の選手の表情とか、うれし涙、悔し涙に心を打たれます。

自分ができない分、これからもスポーツ観戦を楽しみたいです。

37　考えてみた！　これからのこと

いよいよ人生百年時代到来ですか？　とはいえ、私そこまではいいかな……。

現在女性の平均寿命が八十七歳。確かに、元気な八十代、九十代が増えている昨今、元気で長生きしたいのは皆同じ思いですよね。また、終活という言葉まででき、自分が自分を終えることを準備する時代なのですね。

私は今五十八歳、残りの人生はあとせいぜい二十五年といったところでしょうか？　元気で二十五年なら良いですが、その半分も人の世話になるようなら、長生きするのも考えてしまう気がします。でも、誰も自分がいつ終わるのか？　どんな終わり方なのか？　わかりませんよね。

母の最期を考えると、本当に母のようでありたいと当事者なら思いますが、残された者の気持ちになると、突然いなくなるのは反則だよとも思います。

ですから、もちろん娘の世話にならずに、自分のことが自分でわかる、また、自分のことが自分でできるうちに終えることができたらいいなと思います。

まあまだまだ早いですが、そんなことを考える年代になりました。

「死ぬまでにしたい一〇〇のこと」。皆さんも聞いたことがありますか？　死ぬまでにしたい一〇〇のことを書き留めるノートを「バケットリスト」といいます。

そこで、私も考えてみましたが、死ぬまでにやりたいことって案外ないですねー。なんでだろう？　すべてやってきたからってわけではないですが、これからでは、できそうもないと思ってしまうからなのかな？

後でできる、後でやろうと考えると、まず一〇〇％できませんね。その時、本当にやりたいと思ったその時しかできない気がします。お金がないからなのか、体力がないからなのか……いえ、一番はやろうとする私自身の気力や、強い意志がないからなのでしょうね。それでも、前の項でお話ししたように、韓国の文化や食をもうちょっと深く知りたい！　自分自身で体験してみたいです。そんな目的で、いつもよりもうちょっと長く韓国に行ってみたいですね。

あとはもちろん、ＳＨＩＮｅｅは私が死ぬまでずっと応援していきますし、娘のウエディングドレス姿も見ないといけないし、孫も抱っこしなきゃ。そこまでは、何があっても頑張るつもりです。

そうそう、実は本を出したいと思ったことですが、今までこれっぽっちも考えていませんでした。本当に今年になってからですね、はっきりと実現したいという、強い思いに変わったのは。

これからのことを考えるきっかけが、新型コロナの影響による会社の業績悪化でしたから、良いのか悪いのか。ただ、これからの二十五年をどう過ごしていくのかを考える、良い機会になったことは間違いなかったと思います。

今後の経済面と健康面、どちらも心配ですが、一番大切なことは精神面なわけで、これからの生きていく時間も、季節をしっかりと感じながら、心穏やかに、楽しく幸せに過ごしていきたいなと思っています。

38　仕事のこと

私が社会人になったのが一九八四年、二十歳の時。九十年勤めて、希望して入社した会社をいったん退職しました。正直、仕事がというよりも、毎日の生活のリズムが大変で、あの頃は辞めたくて辞めたくて、仕方がありませんでした。

しばらくは職安（今のハローワークですね）に通いながら仕事を探し、まず最初に、高い時給に惹かれ、掃除用品を扱う掃除会社にパートとして勤めました。そのあと、知り合いを通じて、近くの温泉旅館の予約係として一年半ほど、別の旅館の予約係で二カ月ほど勤めた時に、元の会社の上司に声をかけていただき、最初はアルバイトとして、今の会社に復帰をしました。

一時は仕事をせずに家にいたいと思っていましたが、結局、若い年齢でそう長いこと家に籠ってはいられませんでした。出産直後も仕事を続けて、大変で辞めたのは子供が幼稚園に入った時だったなんて……この頃、いろんなことがちぐはぐでしたね。

まあでも、私自身仕事をすることが好きだったのですね、というより、今の会社がとても好きなのだと思います。

それでも時が経つにつれて、時代が変わるにつれて、また昨年からの新型コロナの影響で会社の体制や進むべき方向、勤務システムも変わってしまい、今は正直、戸惑いを隠しきれません。

いろいろ思うところはありますが、まずは一日も早く状況が回復し、私もワクワクしながらお客様と話をしたり、ご旅行の手配をしたりそんな日々が早く戻ってきてほしいです。

39　私にとってのコロナ禍

今世の中は、二〇二〇年に発生した新型コロナによる未曽有の状況。ふと街を見ると、ほとんど、いやすべての人がマスク着用という異常事態。今でこそ当たり前の姿ですが、本当はそれ自体が普通ではないのです。

私の勤め先は旅行会社。新型コロナの前では、まるで赤ん坊のように何もできないでいます。

「不要不急の外出は避けること」そう言われ続けて一年半以上にもなりますよね。どうしても必要というわけでなく、また急いでする必要のない外出は避けること、というわけです。

旅行はもちろんこれに当てはまるとされ、趣味だ、感染する・させる恐れがある、なくても生きていけるとまで言われました。となれば、私の会社はこのコロナ禍で、不要不急の外出を販売していることになります。

昨年の緊急事態宣言発令から、私のいる店頭販売部門は、一時期休業や営業時間短縮、一日の出勤人数も減らされ、挙げ句の果てには給与一部カット……。じわじわと、息の根を止められているような感じ。

もちろん悪いのは会社ではなく新型コロナ。いや、一年半以上もこんな状態なのだから、決定的な対策が取れない国のせい？　でも私はそんなことを言いたいわけではないのです。旅行が本当に不要不急なの？　となれば宿泊施設、観光施設、観光産業そのものが不要不急、生きるためには必要のないものになってしまいます。

時に病気をも引き起こすほどの仕事のストレス、育児疲れでどうしようもなく苦しい時、旅行一つ計画するだけで、人はどれほど力が湧くのでしょうか。その楽しみをバネに、どれだけ日々頑張れるのでしょうか。

生きていくのに確かに水や食料は必要不可欠、また睡眠やお金を稼ぐための仕事も、なくてはならないものです。

でもそれだけで、果たして人は生きていけるのでしょうか？

前を向いて、歩いていくことが本当にできるのでしょうか？

とはいえ、医療の現場で新型コロナと日々戦い続けている医療従事者の方々や、新型コロナのせいで毎日忙しく、また心ない言葉の暴力でつらい思いをされている販売員の方々の苦労も、十分に理解できます、本当にお疲れ様です。

でも、不要不急にくくられてしまった私たちも、実際はせつない思いで毎日を過ごしています。

旅行だって観光だって、確かに不要不急かもしれないけれど、多くの人々の生きる力、心からの楽しみになっていることを、ぜひわかってほしいのです。

まずは一日も早くこの異常事態から抜け出し、不要不急という言葉を使うことなく、大変でつらいことがあっても、それ以上に楽しく、幸せに生きていけますように。

そして何より会社が、このままもう少しだけ持ちこたえて、今のこの状況をなんとか切り抜けて、またコロナ前の状況に少しでも戻ってくれることを切に願っています。

40　もろもろの後日談

原稿を書き始めたのが二〇二一年二月に入ってから。そこからもろもろ変わっております。

ちょっとだけ後日談をお話ししますね。

まずはダイエット。昨年からのコロナ太りでいろいろやってみましたが、コロナ前より三キロほど増えたまま……これが原稿を書いた時のことでした。

実は六月に人間ドックと、甥っ子の結婚式が内輪だけであるというので、かなり焦っていました。昨年の人間ドックでは急に体重が増えましたから、今年の健診までにはなんとか落とさないと。それに、結婚式は留め袖での出席ですが、いよいよ本気を出さないとこれはマズい……。

とにかく酒、酒だけはやめられないですから飲み続けることを前提に、どうやったら体重が落ちるかを真剣に調べました。まず、日本酒は仕方がない……（笑）。ビール・酎ハイはとにかく糖質オフで。あとは無理のない範囲で炭水化物の制限をしました。ご飯はお昼には食べますが、夜はおかずのみの日とご飯を食べる日をつくりました。朝パン派の私は、普通の食パンから全粒粉パンに変え、野菜を挟んで食べることにしました。サラダ菜やサニーレタスですね。余裕を持って起きる割に朝バタバタするのを嫌って、それにブラックコーヒーだけで済ませます。また、こまめに水を飲むこともやりました。

夜にご飯を食べない日は、豆腐や納豆、鳥の胸肉を中心に食べ、もちろんお酒は飲んでいます。日本酒を一五〇cc（普段使いのコップで測りました）、そのあと糖質ゼロの缶酎ハイ三五〇ml を一本、そして締めは赤ワイン一杯。酒だけは勘弁してー。

その結果少しずつ本当に少しずつ体重が減ってきました。残念なことに周りから「痩せたねー」とは言われませんが（笑）、現状体重はコロナ前に戻った感じです。地味に嬉しいです。周りには気付いてもらえませんが、続けます、このまま。また絶対リバウンドするでしょうからね。

そして家庭菜園。今年は、いよいよ自給自足生活になってきました。昨年の反省をもとに今年もいろいろ作っていますよ。まず昨年たくさん収穫できたキュウリ。今年は三本、苗を植えました。ですが住まいが寒冷地エリアに入りますから、本来なら五月連休明けからボチボチ始めればいいのに、またはきちんと「マルチ」という黒いビニールを土の上に敷き詰めてそこに植えればいいのに、面倒くさがりやの私は、ホームセンターに野菜の苗が出始めた四月終わりからビニールをせずに植えてしまったものだから、まずキュウリの苗は、一本ダメにしてしまいました。でも原因はそれだけではなさそう……。今年は、不作だぁ。

そして昨年同様ミニトマト。こちらも三本。このところ、アンジェラトマトという、糖度がとても高い品質のミニトマトがお気に入りなのですが。残念ながら別の品種ですが、高糖度のミニトマトも植えてみました。

あとは、ナス二本とピーマン一本、青ジソ三本（案外シソ好き）、小ネギ、昨年よく取れたオクラ、そして今年も小玉スイカを植えてみました。まだまだありますよー。枝豆、スナップエンドウ、ズッキーニ、万願寺唐辛子、さやいんげん。極めつけはさつまいもまで。

ただ素人丸出しなのは、これらの野菜を一本ずつ植えているんですねー。まさに自給自足。だって、私が食べるだけですから。そう！　出荷が目的の農家ではありませんから、いろんな野菜を私が食べる分だけ栽培しています。

でも本当は、一つの畑に植えていい野菜と、いけない野菜があるといいます。また、毎年同じ種類を同じ場所に植えるのも良くないと聞きます。畑は小さいところが何カ所かあって、いずれも離れてはいますが、調べるのが遅かった……。今年も良い課題を頂きましたということで、また来年、反省を踏まえて頑張りたいと思います（早っ）。

おわりに

こんなにたくさんの文章を、生まれて初めて書きました。ですが本当に苦もなく書くことができて、正直自分でもびっくりしています。本当は、身近な人に対して話すような内容ですから、改めて本にすることもないような。でも話してこなかったのですねー、これが。もちろんすべてではありませんけど。

それにしても良い時代になりましたね。ふとした瞬間に思いつくフレーズ、でもまたすぐに忘れてしまうような言葉、それを今は、スマホにメモすることができるのですからとても便利ですね。こういった文章もパソコンで書けるのですから、とても楽です。実際、原稿用紙に手書きとなれば、大量の原稿を書くなんて、早い段階であきらめていたかもしれません。

また、本を出すきっかけであり、今後の人生を考える機会にもなった会社の早期退職制度で、同世代の同僚が何人も辞めていきました。今まで、勤務中や休憩時間でのおしゃべり、退勤後の飲み会、同年代だからこそ話せることなどいっぱいあって、とても頼りにしていました。でも、もうそんな時間は来ないんだなーと思うと、正直とても寂しいです。

コロナがなければ、まだこれからも一緒に仕事ができていたかもしれないと思うと、余計に残念でなりません。

でも、悩んでいた不安な時期は過ぎたのか、皆一様に晴れ晴れとした表情で退社していきました。これからのことも、すでに考えているようでした。

私は早期退職を考えた時に、「新しい職場で、今までやってきたことをやる」「今までの職場で、新しいことをやる」このどちらかなら、まだなんとかやれるかもしれないと思っていました。でも、「新しい職場で、新しいことを教わりながらやる」というのは、今の私にはとても無理、この年齢で一歩踏み出す勇気がなく、考えがその先に行きませんでした。

やっぱり私はダメなんだ、偉そうなこと言っても、いざとなると勇気が出ないんだと、かなり落ち込んだ出来事でもありました。

それでも人は人、自分は自分。

違って当たり前ですよねー。皆それぞれの考え方や人生があるんだし。

そんな簡単でわかりきったことが、いつまでも気になり、考え込むことが多かった何カ月でした。また人をうらやんだり比べたり、人の喜びを、一緒に喜んであげることができない、そんな数カ月でもありました。

これまでの人生、けっこう苦しいこともありましたので、「ダメなら消えてしまえばいい」とどなたかがおっしゃっていましたが、その気持ち、わかるような気がします。まあそんなに簡単に、思い通りにはいかないですけどね。

会社を辞めない選択をした私ですが、ちょうどこのタイミングで、会社が大幅に変わります。これからさらにデジタル化の波が押し寄せ（このデジタルが苦手なお年頃なのですが）、会社の体制も変わります。

果たしてこの先、私はやっていけるのだろうか？

でも、できてもできなくても、もう他に道はありませんから、やらないと。やる努力をしないといけない、本当に不安です。

でも考えてみれば、私一人ではないんだし、できないことがあった時には、自分から若い人に教えてもらえばいいし、これからの人たちが働きやすいように、職場では自分ができることを一生懸命やればいい。

まさにこんな時こそ、自分の座右の銘を思い出さなきゃいけないですね。

これからの残された人生も、私らしく、穏やかに、楽しく暮らしていければ、それで十分かもしれません。

最後にこの場を借りて、私にいつも生きる力を与えてくれ心の支えになってくれる、「ＳＨＩＮｅｅ」にありがとうの言葉を伝えたいです。そして、生まれて五十八年間、私に関わってくれたすべての方々に、感謝を申し上げたいと思います。

また、このつたないエッセイを最後までお読みくださいました、すべての方々にも感謝致します。ありがとうございました。

令和三年七月

中村和美

著者プロフィール
中村 和美（なかむら かずみ）
1963年４月生まれ
長野県長野市在住
現在は旅行会社店頭で販売を担当

ごくフツーの57歳、ここで人生語ります

2021年12月15日　初版第１刷発行

著　者　中村 和美
発行者　瓜谷 綱延
発行所　株式会社文芸社
〒160-0022　東京都新宿区新宿1－10－1
電話　03-5369-3060（代表）
03-5369-2299（販売）

印刷所　株式会社フクイン

ISBN978-4-286-23177-8